愛經典

閱讀經典，成為更好的自己。

傷心咖啡館之歌

The Ballad of the Sad Café

卡森・麥卡勒斯
Carson McCullers 一 著
小二 一 譯

這裡的冬天短暫陰冷，夏天則明晃晃的，熱得要命。

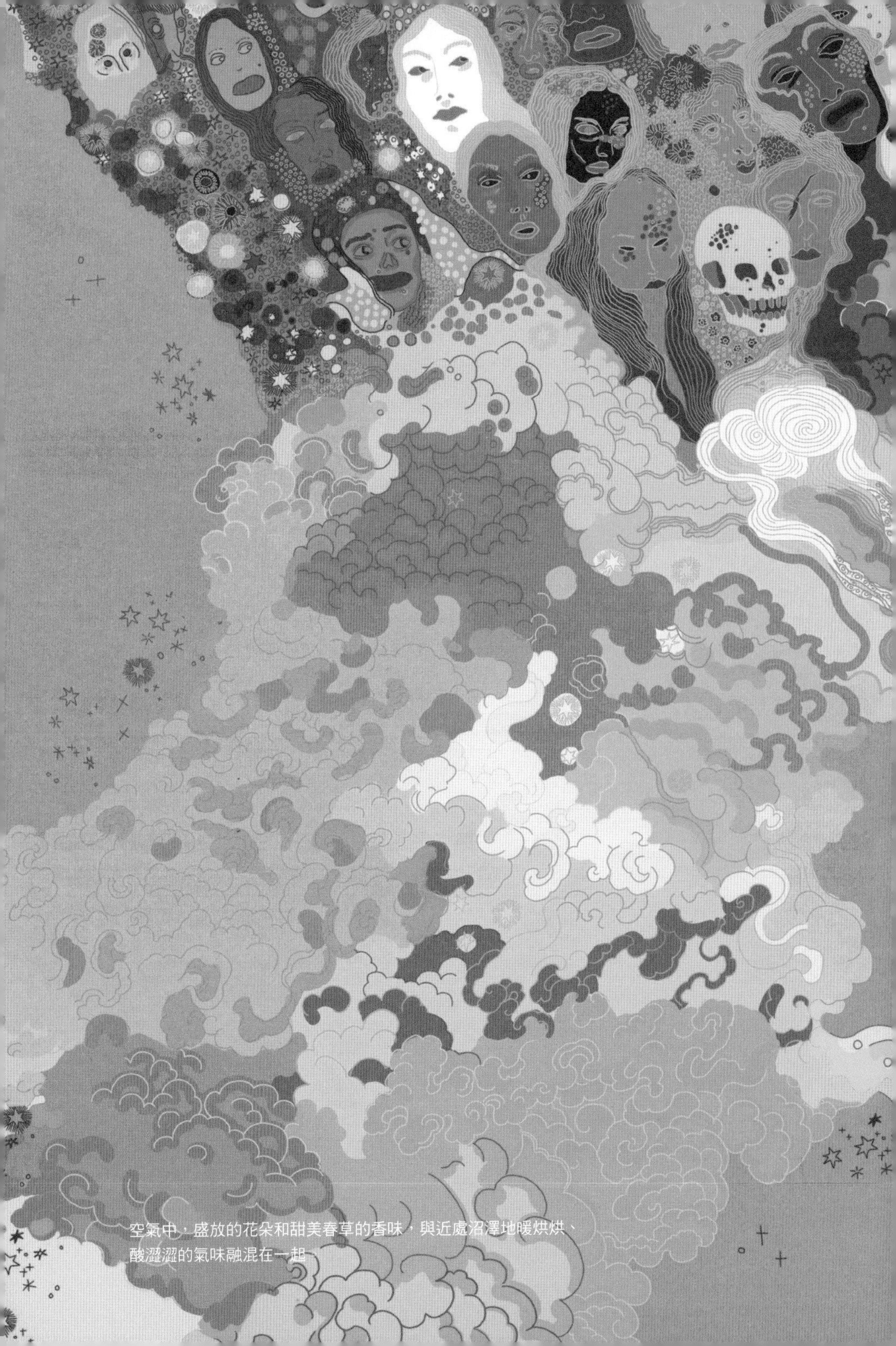

空氣中，盛放的花朵和甜美春草的香味，與近處沼澤地暖烘烘、
酸澀澀的氣味融混在一起。

或許，沒有這些烈酒就不會有一家咖啡館。

他們在這個世界上學會的第一件事就是找到房間裡最
陰暗的角落，盡最大可能把自己藏起來。

「喔，只是一顆橡實，」她回答說，「是老爹過世的那天下午我撿到的。」

LUPUS

在冬季下午最後一抹暗淡的光線下，
他看起來就像沼澤地裡的一頭小怪獸。

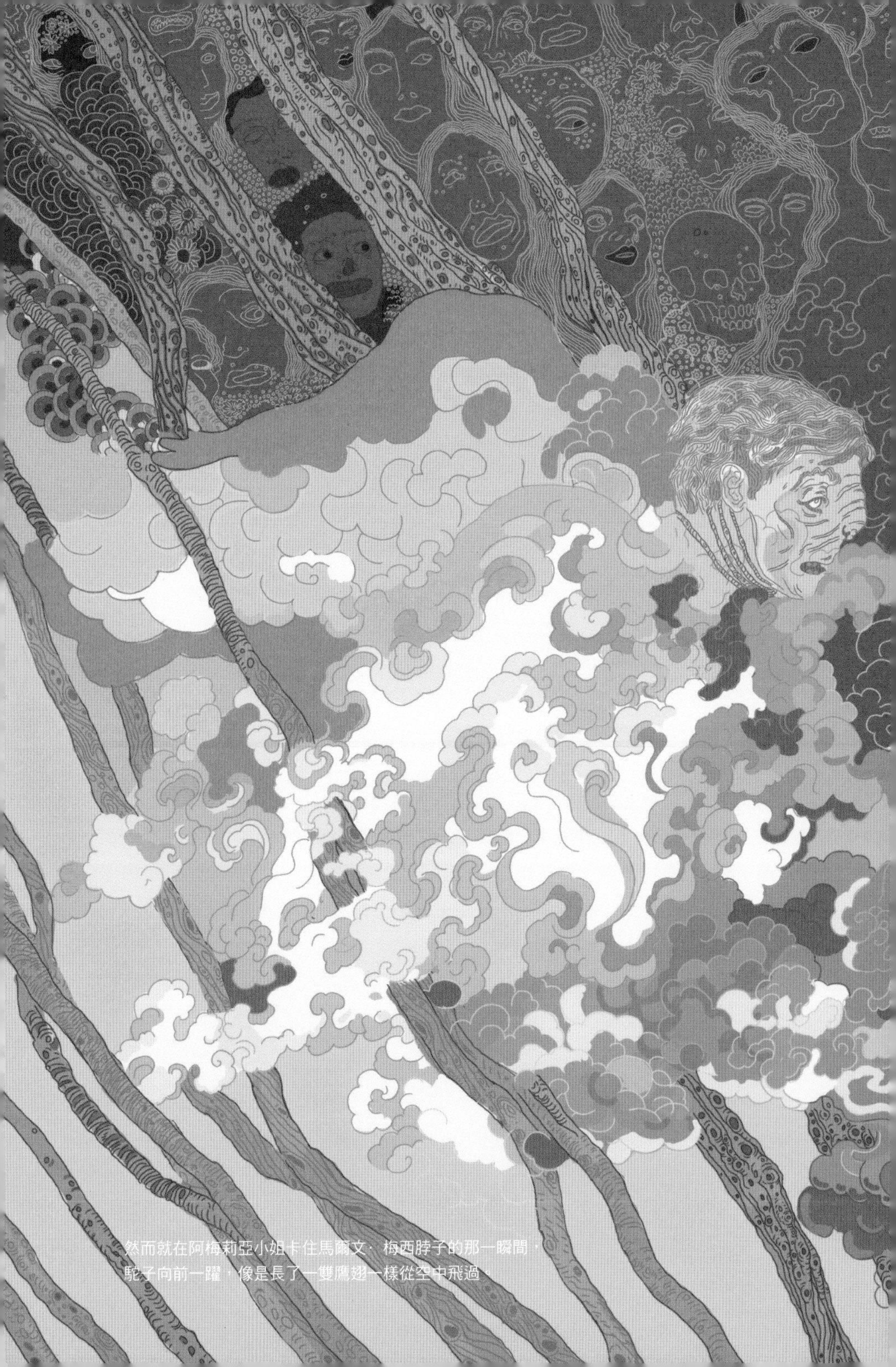
然而就在阿梅莉亞小姐卡住馬爾文·梅西脖子的那一瞬間，
駝子向前一躍，像是長了一雙鷹翅一樣從空中飛過。

緣起

愛經典

卡爾維諾說：「『經典』即是具影響力的作品，在我們的想像中留下痕跡，並藏在潛意識中。正因『經典』有這種影響力，我們更要撥時間閱讀，接受『經典』為我們帶來的改變。」因為經典作品具有這樣無窮的魅力，時報出版公司特別引進大星文化公司的「作家榜經典文庫」，期能為臺灣的經典閱讀提供另一選擇。

作家榜經典文庫從二〇一七年起至今，已出版超過六十本，迅速累積良好口碑，不斷榮登豆瓣讀書暢銷榜。本書系的作者都經過時代淬鍊，其作品雋永，意義深遠；所選擇的譯者，多為優秀的詩人、作家，因此譯文流暢，讀來如同原創作品般通順，沒有隔閡；而且時報在臺推出時，每部作品皆以精裝裝幀，質感更佳，是讀者想要閱讀與收藏經典時的首選。

現在開始讀經典，成為更好的自己。

作者簡介

卡森・麥卡勒斯
Carson McCullers, 1917-1967

美國孤獨小說家，被譽為「福克納之後美國南方最優秀的小說家」。

生於美國南方小鎮喬治亞州的哥倫布，是珠寶店主的女兒。十五歲時從父親那裡得到一臺打字機，開始了寫作生涯。二十三歲時出版第一部長篇小說《心是孤獨的獵手》，迅速登上暢銷書榜首。三十四歲時出版經典代表作《傷心咖啡館之歌》，橫掃歐美文壇，備受好評。

她一生坎坷，二十九歲時癱瘓並得了抑鬱症。又經歷多次感情糾葛，愛而不得，心力交瘁。五十歲時去世於紐約。

她才情寬廣，任性而孤傲，將一生痛苦澆鑄為天才的文學作品，闡釋人類永恆的愛與孤獨。

主要作品：《傷心咖啡館之歌》、《心是孤獨的獵手》、《金色眼睛的映像》、《婚禮的成員》、《沒有指針的鐘》等。

目次

傷心咖啡館之歌

小鎮本來就很沉悶，除了棉紡廠、工人住的兩居室房屋、幾棵桃樹、一座嵌有雙色玻璃窗的教堂和一條只有一百碼長的淒涼大街外，就再沒別的了。禮拜六，附近的農民會來這裡做買賣、聊天，待上一整天。除了那一天，整個小鎮寂寞荒涼，像一個偏僻遙遠且與世隔絕的地方。最近的火車站在社會市，「灰狗」和「白巴」大巴車經過的分岔瀑公路離這兒有三英里。這裡的冬天短暫陰冷，夏天則明晃晃的，熱得要命。

如果你在八月的一個下午去大街上溜達，會覺得沒什麼事可做。鎮中心最大的一座建築物的門窗全被木板釘死了，它向一側嚴重傾斜，看起來隨時都可能倒塌。這幢房子很舊，看起來有點奇怪，像是開裂了，很讓人納悶。後來你才恍然大悟，原來很久以前房子前廊的右側和牆的一部分被漆過，不過沒有漆完，所以房子的一部分比另一部分顯得更暗、更髒一些。這幢房子看起來像是被人徹底遺棄了。儘管這樣，二樓的一扇窗戶並沒有釘死，有時候，在傍晚最炎熱的時分，一隻手會慢吞吞地打開百葉窗，窗口會出現一張朝下方小鎮張望的臉。這是一張模糊不清，只有在噩夢裡才會見到的臉──慘白、分辨不出性別，兩隻灰色的鬥雞眼向內側嚴重傾斜，像是在彼此交換一個隱祕綿長的悲傷眼神。那張臉會在窗口流連上一個小時，隨後百葉窗再次關上，這之後，大街上很可能就再也見不到一個人影了。八月的這些下午，下班後你絕對找不到可以做的事情，還不如去分岔瀑公路，聽一群被鐵鍊鎖在一起的犯人唱歌。

然而，這個小鎮上曾經有過一家咖啡館。這幢被木板釘死的房屋曾是方圓十幾里獨一無二的去處。鋪著桌布擺放著餐巾紙的桌子，電扇前舞動的彩色紙帶，週六晚上歡快的人群。阿梅莉亞·埃文斯小姐是這裡的主人。不過讓這個地方興旺發達起來的是一個叫利蒙表哥的駝子。還有一個人與這家咖啡館的故事有一點關係──他是阿梅莉亞小姐的前夫，一個在監獄裡蹲了很久的可怕傢伙，出獄後他回到小鎮，把這裡變成一片廢墟後又走了。咖啡館歇業已久，但它還留在大家的記憶裡。

這裡原先並不是咖啡館。阿梅莉亞小姐從她父親手裡繼承了這幢房子，它是一個出售飼料、鳥糞肥料以及玉米麵和鼻煙之類商品的小店。阿梅莉亞小姐很有錢，除了這家店，她在三英里外的沼澤地裡還開著一家釀酒廠，生產全縣最優質的烈酒。她是個高個子的女人，膚色深暗，骨頭肌肉長得像男人一樣。她的頭髮剪得短短的，從上往後梳，曬黑了的臉上有種緊張憔悴的神情。即便這樣，她仍算得上是個漂亮的女人，要不是她的眼睛稍稍有點對視的話。還是會有人追求她，但阿梅莉亞小姐性格孤僻，一點也不在乎異性的愛。她的婚姻與這個縣簽署的所有婚約都不一樣——那是一段奇特而險象環生的婚姻，只持續了十天，讓小鎮上所有人大吃一驚。除了這場詭異的婚姻，阿梅莉亞小姐一直獨自生活。她經常在沼澤地的棚子裡過夜，穿著工裝褲和長筒膠鞋，默默守護著蒸餾爐微弱的火苗。

凡是涉及手工的事，阿梅莉亞小姐都幹得有聲有色。她在附近的小鎮出售豬小腸和香腸。晴朗的秋日裡，她榨高粱桿做糖漿，桶裡的糖漿是暗金色的，美味誘人。她只花兩個禮拜就用磚塊在店鋪後面砌了一座廁所，木工活她也很嫻熟。只有在和人打交道的時候阿梅莉亞小姐才會感到不自在。因為她沒法把人一把抓過來，一夜之間變成某個更值錢的或盈利的東西，除了那些對什麼都無所謂的或重病在身的。所以對阿梅莉亞小姐來說，他人唯一的用途就是從他們身上賺錢，在這方面她做得頗為成功。別人抵押給她的莊稼地和房產、一家鋸木廠、銀行裡的存款——她是方圓幾十里最有錢的女人。要不是她的一大弱點，也就是對訴訟和對簿公堂的熱情，她會富得像議員。為了一件小事，她會跟別人打一場漫長而激烈的官司。有傳聞說阿梅莉亞小姐哪怕是被路上的石頭絆了一下，她也會下意識地四下瞧瞧，像是要找個什麼理由打場官司。除了這些訴訟官司，她日子過得很平靜，每一天都和前一天差不多。除了那場為期十天的婚姻，一切都沒有變化，直到阿梅莉亞小姐三十歲的那一年春天。

那是四月裡一個寧靜的夜晚，快到午夜了。天空的顏色是沼澤地裡鳶尾花的那種深藍，月光清澈明亮。春季作物長勢很好，過去幾週裡棉紡廠一直在加夜班。小溪旁四四方方的磚砌的工廠裡亮著黃色的燈光，織布機微弱的嗡嗡聲無休無止。在這樣的夜晚，聽著遠處黑色田野裡那個走在求愛路上的黑人的悠長情歌，你就會感到心曠神怡。即便是安靜地坐著，撥弄幾下吉他，或者就那麼坐著，什麼都不想，心情也會愉快起來。那天晚上街上空無一人，但阿梅莉亞小姐的店裡亮著燈，屋外前廊上有五個人。其中的一個是胖子麥克費爾，他是個工頭，紅臉膛，小巧的雙手帶點紫色。坐在最上面臺階上的是兩個身穿工裝褲的男孩，雙胞胎雷尼——兩人都是瘦高個子，動作遲緩，頭髮發白，綠眼睛迷迷糊糊的。另一個是亨利．梅西，一個舉止文雅、膽怯害羞、有點神經質的男人，他坐在最下面一級臺階上。阿梅莉亞小姐本人靠著打開的門站著，穿著沼澤地裡常穿的長筒膠鞋，雙腳交疊在一起，她正耐心地解著隨手撿來的一根繩子。他們很久都沒有開口說話了。

雙胞胎中的一個最先開口，他一直看著空蕩蕩的大路。「我看見有什麼走過來了。」他說。

「一頭走散的小牛。」他哥哥說。

走過來的身影還離得太遠，看不清楚。月光把一排開著花的桃樹朦朧扭曲的影子投在路邊。空氣中，盛放的花朵和甜美春草的香味，與近處沼澤地暖烘烘、酸澀的氣味融混在一起。

「不對。是誰家的孩子。」胖子麥克費爾說。

阿梅莉亞小姐默不作聲地看著大路。她已經放下了手裡的繩子，用她棕色的骨節突出的手撥弄著工裝褲的背帶，皺起了眉頭，一縷深色的頭髮落到了前額。就在他們等待的時候，路邊幾戶人家那裡傳來一條狗瘋狂嘶啞的狂吠聲，有人大聲呵斥後，牠才停了下來。直到人影離得很近了，已經進入前廊黃色燈光的範圍之內，他們才看清楚走過來的是什麼。

來者是個陌生人，陌生人在這個時辰走進小鎮極不尋常。除此之外，這個人還是個駝子。他最多也就四英尺高，穿一件只到膝蓋那裡的髒兮兮的舊外套，短小的羅圈腿瘦得幾乎支撐不住他巨大而向內窩的胸脯和肩膀上的駝峰。他長著個大腦袋，上面有一雙深陷的藍眼睛和一張薄薄的小嘴，那張臉同時給人粗魯和柔和的感覺。此刻，他蒼白的臉被塵土染黃了，眼睛下方有一塊淡紫色的陰影。他拎著一個用繩子捆著的有點變形的舊手提箱。

「晚安。」駝子說，他有點上氣不接下氣。

阿梅莉亞小姐和前廊上坐著的男人沒有回應，也沒有開口說話。他們只是看著他。

「我在找阿梅莉亞．埃文斯小姐。」

阿梅莉亞小姐把額頭前的頭髮往腦後撩了撩，抬起下巴：「做什麼？」

「她是我的親戚。」駝子說。

雙胞胎和胖子麥克費爾抬頭看著阿梅莉亞小姐。

「我就是，」她說，「你說的『親戚』指的是什麼？」

「因為——」駝子說了起來。他看起來有點心神不安，幾乎像是要哭出來了。他把手提箱放在最下面的一級臺階上，手卻沒有離開箱把手。「我母親叫范妮·傑瑟普，她老家是奇霍的，三十年前她第一次出嫁時離開了那裡。我記得她說過她有一個叫瑪莎的同父異母的妹妹。今天在奇霍他們告訴我說她就是你母親。」

阿梅莉亞小姐聽著，頭微微側向一邊。她獨自享用主日晚餐，從來沒有過一大幫親戚進出她家，也不承認與誰沾親帶故。她有一個在奇霍開馬車行的姑婆，可是那個姑婆已經去世。除了那個姑婆，她只有一個住在二十英里外小鎮上的遠房表親，不過此人和阿梅莉亞小姐合不來，如果兩人碰巧在路上相遇，他們會朝路邊各自啐一口唾沫。時不時地，會有人費盡心機地想和阿梅莉亞小姐攀上一門八竿子打不著的親戚，不過從沒有人成功過。

駝子喋喋不休地說著，提到一些前廊上聽眾不熟悉的人名和地名，似乎和要說的事情沒什麼關係。「所以說范妮和瑪莎·傑瑟普是同父異母的姊妹。我是范妮和她第三任丈夫的兒子，這讓我和你——」他彎下腰，開始解捆箱子的繩子。他的兩隻手像骯髒的麻雀爪子，在顫抖。手提箱袋子裡裝滿了各種各樣的破爛——破舊的衣服和看起來像是縫紉機上拆下來的零件，或類似的毫無價值的垃圾貨。駝子在這堆東西裡面一陣亂翻，找出一張舊照片。「這是我母親和她同父異母妹妹的照片。」

阿梅莉亞小姐一聲不吭，慢吞吞地把下巴轉過來轉過去。看得出來她在思考。胖子麥克費爾接過照片，對著燈光看了看。照片上是兩個蒼白而乾巴巴的小孩子，兩到三歲的樣子。臉是兩個模糊不清的小白團，就像是隨便哪一本相冊裡的舊照片。

胖子麥克費爾把照片還回去，沒有評論。「你從哪裡來？」他問道。

駝子的聲音有點不確定：「我在四處走走。」

阿梅莉亞小姐還是不說話。她靠著門框站著，低頭看著駝子。亨利．梅西緊張得直眨眼，不停地搓著雙手。隨後他悄悄離開底層的臺階，消失不見了。他是個心地善良的人，駝子的處境觸動了他，所以他不想在這裡再待下去，看著阿梅莉亞小姐把這個新來的人趕出她的地界，逐出小鎮。駝子站在那裡，打開的箱子在底層臺階上放著。他吸了吸鼻子，嘴唇在顫抖。或許他開始明白自己尷尬的處境了。他也許意識到，作為一個陌生人，提著一箱子破爛來小鎮和阿梅莉亞小姐攀親帶故是多麼痛苦的事情。總之他一屁股坐在臺階上，突然大哭起來。

一個駝子半夜裡來到小店，坐下來嚎啕大哭，這可不尋常。阿梅莉亞小姐把額頭前的頭髮往後攏了攏，男人不安地互相看了看。小鎮極其安靜。

最終，雙胞胎中的一個說：「他要不是個道道地地的莫里斯．范因斯坦那才怪了呢。」

所有人都點頭贊同，因為這句話有其特殊的含義。不過駝子卻哭得更凶了，因為他不知道他們在說什麼。莫里斯．范因斯坦多年前在小鎮住過。他是個動作敏捷、喜歡蹦蹦跳跳的小個子猶太人，每天吃發酵白麵包和罐頭鮭魚，只要你說他是謀殺基督的凶手，他就會哭。後來他遭遇了不幸，搬去了社會市。不過從那時起，如果一個男人謹小慎微或哭哭啼啼，大家就叫他莫里斯．范因斯坦。

「嗯，他很難受。」胖子麥克費爾說，「肯定有什麼原因。」

阿梅莉亞小姐邁著遲緩笨拙的大步，兩步就跨過了前廊。她走下臺階，站在那裡，若有所思地看著陌生人。她小心翼翼地用棕色的長食指碰了碰他背上的駝峰。駝子還在哭泣，不過聲音比剛才小多了。夜晚很安靜，月光依舊清澈柔和，天氣越來越冷了。這時阿梅莉亞小姐做出了一個罕見的舉動：她從屁股後面的口袋裡掏出一個酒瓶，用手掌擦了擦瓶口，把酒瓶遞給駝子，讓他喝。阿梅莉亞小姐賣酒難得賒帳，就阿梅莉亞小姐而言，讓別人不花錢喝上哪怕一滴酒幾乎也是從未聽說過的。

「喝吧。」她說，「喝了開胃。」

駝子停止了哭泣，俐落地舔乾嘴邊的淚水，照她說的做了。他喝完後，阿梅莉亞小姐慢吞吞地來了一口，她用這口酒暖暖嘴巴，漱了漱口，吐了出去。隨後她也喝上了。雙胞胎和工頭有他們自己花錢買的酒。

「這酒真順口。」胖子麥克費爾說，「阿梅莉亞小姐，我還從沒見你失過手。」

那天晚上他們喝的威士忌（一共兩大瓶）很重要。不然的話，後面的故事就很難講下去了。或許，沒有這些烈酒就不會有一家咖啡館。因為阿梅莉亞小姐的烈酒確實有特色，清純、辣舌頭，喝下去後會在肚子裡面熱上很久。這還不是所有的。

據說用檸檬汁寫在白紙上的訊息，肉眼是看不見的。但如果把這張紙放在火上烤一烤，棕色的字跡就會顯露出來，紙上的意思也就清楚了。把威士忌想像成火，而訊息則是隱藏在靈魂深處的東西，那麼你就能夠懂得阿梅莉亞小姐烈酒的價值了。那些沒留神就過去了的事情，蟄伏在大腦陰暗深處的想法，突然之間就會變得容易辨識和理解了。

一個腦子裡只有紡織機、飯盒、床，然後又回到紡織機的紡織工，這個紡織工可能在某個禮拜天喝了點酒，偶然發現沼澤地裡的一朵百合花。他可能把花握在手裡，仔細察看精緻的金黃色花朵，心裡可能會突然湧起一股像痛苦一樣強烈的甜美。一個紡織工猛然抬頭，生平第一次看見一月分的午夜天空裡清冷奇妙的光亮，對自己的渺小的恐懼讓他的心臟驟然停止跳動。那時候，男人喝了阿梅莉亞小姐的烈酒後，諸如此類的事情就會發生。他有可能經受痛苦，也可能欣喜若狂，但是這樣的體驗顯示出真理：他的靈魂得到了溫暖，發現了隱藏在裡面的訊息。

他們一直喝到後半夜，烏雲遮住了月亮，夜晚又黑又冷。駝子仍然坐在最底層的臺階上，淒慘地彎著腰，前額抵著膝蓋。阿梅莉亞小姐站在那裡，兩隻手插在口袋裡，一隻腳搭在第二級臺階上。她已經很久沒開口了，臉上是那種眼睛稍稍有點對視的人陷入沉思後的表情，看上去既睿智又瘋狂。最終她說道：「我還不知道你叫什麼。」

「我叫利蒙．威利斯。」駝子說。

「好吧，進來吧。」她說，「爐子上還有一些飯菜，你去吃吧。」

阿梅莉亞小姐的一生中，除了她打算作弄人，或想從別人身上弄點錢，邀請別人與她一起用餐的次數極為有限。所以前廊上的男人都覺得哪裡有點不對勁。後來他們私底下嘀咕，說她肯定在沼澤地裡喝了一下午的酒。不管什麼原因，反正她離開了前廊。胖子麥克費爾和雙胞胎也回家了。她關上大門，四處查看了一番，隨後走進小店後面的廚房。駝子拖著箱子跟在她身後，不停地吸著鼻子，並用髒外套的袖子去擦鼻子。

「坐吧。」阿梅莉亞小姐說，「我把這些飯菜熱一下。」

那天晚上他們共用的晚餐很豐盛。阿梅莉亞小姐很富有，在飲食上她從來不虧待自己。那天的飯菜包括炸雞（雞胸肉被駝子拿到他的盤子裡了）、蕪菁泥、綠葉甘藍和熱呼呼的淡金色紅薯。阿梅莉亞小姐不慌不忙地吃著，像農夫一樣吃得津津有味，進餐的時候她的兩個手肘支撐在桌子上，頭俯在盤子上，她的膝蓋分得很開，腳勾住椅子的橫桿。至於那個駝子，他狼吞虎嚥的，像是好幾個月沒有聞過食物的味道一樣。吃飯的時候，一滴眼淚順著他又黑又髒的臉龐往下流，那不過是一點剩餘的眼淚，說明不了什麼。

桌上油燈的燈芯修剪得很整齊，燈芯旁邊一圈藍色的火苗，在廚房裡投下一片歡快的光亮。阿梅莉亞小姐吃完後，用一片白麵包仔細擦乾淨盤子，然後把澄澈甘甜的自製糖漿澆在麵包上。駝子也照著她的樣子做了，不過他更講究，換了一個乾淨的盤子。用餐完畢後，阿梅莉亞小姐把椅子向後一翹，握緊拳頭，觸摸著乾淨藍布襯衫袖子裡面右臂上柔軟結實的肌肉，這是她飯後的一個無意識的習慣性動作。隨後她從桌上拿起油燈，朝樓梯那邊偏了一下腦袋，算是邀請駝子跟她上樓。

小店樓上有三間阿梅莉亞小姐住了一輩子的房間——兩間臥室，中間是一間大客廳。幾乎沒有人親眼見過這些房間，不過大家都知道這些房間布置得很講究，打掃得極為乾淨。而此刻阿梅莉亞小姐卻把一個鬼知道從哪兒冒出來的髒兮兮的駝子帶上了樓。阿梅莉亞小姐走得很慢，高舉著手裡的油燈，一步跨兩級臺階。她身後的駝子跟得很緊，搖曳的燈光把他倆扭曲成一大團的影子投到樓梯的牆上。不一會兒，像鎮上其他地方一樣，樓上房間裡的燈光也熄滅了。

第二天早晨天氣晴朗，紫紅的朝霞裡夾雜著幾抹玫瑰色。小鎮四周的農田新近翻耕過，一大早各家農戶就下田開始種植深綠色的菸草苗。野鴉貼著田野飛行，在地面上留下快速移動的藍色陰影。鎮上的人一大早就帶著飯盒出門，棉紡廠的窗戶在陽光的照射下發出耀眼的金光。空氣清新，開滿花的桃樹像三月的雲彩一樣輕盈。

和往常一樣，阿梅莉亞小姐天剛亮就下樓了。她在水泵前洗了頭，沒隔多久就忙起來了。稍後，她給騾子套上鞍具，騎著騾子去視察她位於分岔瀑公路旁邊的棉花地。到了中午，不用說，所有人都聽說了昨天半夜光臨小店的駝子的故事。不過還沒有人見到他。天氣很快就熱了起來，天空是正午的豔藍色。還是沒有人見到這位生客。有人回想起阿梅莉亞小姐的母親是有一位同父異母的姊姊，不過就她是已經死了還是和一個菸草工私奔了，大家的意見並不一致。至於駝子的說法，所有人都認為是捏造的。出於對阿梅莉亞小姐的瞭解，鎮上的人斷定她在餵飽了他之後，已經把他趕出家門。可是到了傍晚，天際已泛出白色，工廠也下班了，一個女人聲稱她從店鋪樓上的窗戶看到一張扭曲的面孔。阿梅莉亞小姐本人什麼都沒說。她在店裡照料了一會兒生意，和一個農夫就一張犁鏵討價還價了一個小時，還修補了幾處鐵絲網，太陽快下山的時候她關上店門，上樓回到自己的房間。全鎮的人對阿梅莉亞小姐都有點摸不著頭腦，大家議論紛紛。

第二天阿梅莉亞小姐沒有開門營業，她把自己鎖在房間裡誰都不見。謠言就是從這一天開始的。這個謠言太可怕了，整個小鎮乃至四鄉的人都被嚇著了。這則謠言是從一個名叫梅里·瑞安的織布工那裡傳出來的。他是個不怎麼靠得住的人——臉色蠟黃，步履蹣跚，嘴裡一顆牙齒都沒有了。他得了一種每三天發作一次的瘧疾，也就是說每隔三天他就要發一次燒。所以前兩天裡他總是呆若木雞，嘴裡罵個不停。可是到了第三天他就會活過來，有時候他腦子裡會冒出一兩個怪念頭，絕大多數都愚蠢透頂。梅里．瑞安在他發燒的那一天突然轉過身來說：

「我知道阿梅莉亞小姐做了什麼了，為了箱子裡的東西她把那個人殺了。」

他說這些的時候聲音很平靜，像是在講述一個事實。不到一小時，那則新聞就傳遍了小鎮。那天全鎮的人都在共同編造一個凶殘而病態的故事，裡面包括所有讓人膽顫心驚的元素（一個駝子、深更半夜沼澤地裡埋屍、阿梅莉亞小姐被人拖過街頭送進監獄、有關她財產如何處置的爭執）。所有這些都是用壓低的聲音說出的，每重複一次，都會添加進一些新鮮詭異的細節。下雨了，女人忘記了去收晾曬在外面的衣服。有一兩個欠著阿梅莉亞小姐錢的人像是在過節一樣，甚至換上了禮拜天才穿的衣服。鎮民聚集在大街上，一邊交談一邊觀察著小店。

要說全鎮的人都參與了這個邪惡的歡慶，那有點不符合事實。幾個腦筋正常的人推斷像阿梅莉亞小姐那樣的有錢人，絕不會為了幾件破爛費盡心機殺害一個流浪漢。

鎮上甚至還有三個好心人，他們不想看到這樣的罪行，哪怕它非常好玩，會引起騷動；想到阿梅莉亞小姐將被關進監獄和送到亞特蘭大坐電椅並不能給他們帶來樂趣。

這些好心人在阿梅莉亞小姐這件事上的觀點與其他人不一樣。當一個人的每個行為都與她過去完全不同、當一個人犯下的罪行多到難以計數，這個人顯然需要一種特別的評判標準。他們記得阿梅莉亞小姐生下來皮膚就黑，臉也長得有點怪異，她從小就沒有母親，由生性孤僻的父親一手把她帶大，小小年紀就長到了六英尺二英寸，這樣的身高對一個女性來說不是很自然，她的生活方式和習慣也離奇到了令人難以理喻的地步。

最重要的是，他們回想起她令人困惑的婚姻，那是這個小鎮上發生過的最讓人猜想不透的醜聞。所以這些好心人對她有種近乎憐憫的情感。每當她出門幹一件瘋狂的事情，比如衝進一戶人家，拖出一臺縫紉機來抵充欠她的債務，或為了某件與法律有關的事而怒火中燒時，他們會對她產生一種複雜的情感：憤慨、近乎荒唐的瘙癢以及深切的難以言喻的悲哀。不說這些好心人了，因為他們一共才三個。鎮上其餘的人整個下午都在把這個想像出來的罪行當作節日來慶祝。

出於某種奇怪的原因，阿梅莉亞小姐本人似乎對所有這一切竟毫無覺察。白天大部分時間裡她都待在樓上。下樓後，她在店鋪裡平靜地來回走動，雙手深深插在工裝褲的口袋裡，低著頭，下巴都埋進襯衫的領子裡了。她的身上見不到血跡。她經常停下腳步站在那裡，悶悶不樂地看著地板上的裂縫，絞著一縷短髮，小聲地喃喃自語幾句。不過大部分時間她都在樓上待著。

夜幕降臨，下午的那場雨讓氣溫降了下來，所以這個傍晚像冬天一樣寒冷昏暗。天上沒有一顆星星，並下起了冰冷的濛濛細雨。從街上看去，屋裡油燈搖曳的火苗悲戚淒涼。起風了，風不是從沼澤地那邊刮過來的，而是來自北面陰冷的松林。

鎮上的鐘敲了八下。還是沒有動靜。談論了一整天陰森可怕的事情之後，淒冷的夜晚讓有些人心生恐懼，他們待在家裡，緊挨著爐火。其他人則選擇湊在一起。八到十個男人聚集在阿梅莉亞小姐店鋪的前廊上。他們沉默不語，其實他們只是在等待。他們並不知道自己在等待什麼，其實是這樣的：在高度緊張的時刻，某個重大事件即將發生，鎮上的人就會以這樣的方式聚集等待。過一陣子後，那個時刻就會到來，當人到齊了，他們會統一行動，不是出於任何一個人的想法或意願，而好像是他們的本能彙集到了一起，所以說這個決定不屬於他們中的某一個人，而是作為整體的那一組人。在那樣的時刻，沒有人會遲疑。至於那件事是以和平的方式，還是以一種導致洗劫、暴力和犯罪的聯合行動來解決，那就要聽天由命了。所以男人都冷靜地等候在阿梅莉亞小姐店鋪的前廊上，沒有一個人意識到他們將要做什麼，但他們心裡都明白他們必須等待，而且這個等待就將看到結果。

店鋪的門是開著的。裡面燈光明亮，看起來很正常。左邊是放置大片生豬肉、冰糖和菸草的櫃檯。櫃檯後面是放醃肉和雜糧的貨架。店鋪的右邊擺滿了農具之類的東西。店鋪後面靠左是一扇通向樓梯的門，門開著。右邊往後也有一扇門，通向一間阿梅莉亞小姐稱之為辦公室的小房間。這扇門也開著。那天晚上八點，能看見阿梅莉亞小姐坐在帶蓋板的寫字桌前，拿著鋼筆和紙，在算帳。

辦公室的燈光很明亮，阿梅莉亞小姐似乎沒有注意到前廊上的代表團。和往常一樣，她身邊的東西都放置得井然有序。這間辦公室的名氣很大，不過是以一種糟糕的方式出名的。它是阿梅莉亞小姐處理所有事務的地方。桌上有臺蓋得緊緊的打字機，她雖然會用，但僅在寫最重要的文件時才會用到它。辦公桌抽屜裡真的有上千份文件，全部按照字母順序歸檔。

這間辦公室也是阿梅莉亞小姐接待病人的地方，因為她喜歡替別人看病。兩個架子上放滿了瓶子和各種各樣的醫療器具。靠牆的一張長凳是給病人坐的。她用燒過的針給病人縫傷口，這樣傷口就不會感染發炎。她用一種清涼的糖漿治療燒傷。對於那些不能確診的疾病，她則有多種根據密方配製的藥物。這些藥對腸阻塞很管用，但兒童卻不能服用，因為這會導致他們四肢抽搐。對於兒童她則採用完全不同的配方，這些藥水更溫和，也甜得多。

是的，整體而言，她算得上是位好醫生。儘管她的手很大且骨節凸出，卻非常靈巧。她的想像力也很豐富，運用過上百種不同的療法。進行最危險和最不尋常的治療時她也毫不猶豫，沒有什麼疾病可怕到她不願意治療的程度。只有一個例外。如果病人得的是婦科病，她會束手無策。實際上只要聽到這幾個字她的臉色就會因為羞怯而陰沉下來，她會站在那裡，用後頸摩擦襯衫的領子，或是把腳上的長筒膠鞋互相對搓，在外人眼裡，她就像一個受到極大羞辱、張口結舌的小孩子。不過在其他問題上，大家都信任她。她對誰都不收費，因此病人總是源源不斷。

那天晚上阿梅莉亞小姐用鋼筆寫了很多字。但即便是那樣，她也不可能沒有察覺到在黑暗的前廊上等待並觀察她的人群。她時不時地會抬起頭來，目不轉睛地凝視他們。不過她沒有朝他們吼叫，質問他們為什麼像一群拙劣的長舌婦一樣在她的店鋪前遊蕩。她臉上的神情傲慢而嚴厲，像她平時坐在辦公室桌前那樣。過了一會兒，他們的窺探激怒了她。她用一塊紅手帕擦了擦臉，站起身，關上了辦公室的門。

對於前廊上的那夥人來說，她的這個舉動像是一個信號。時候到了。他們站了很久，身後街上的夜晚陰冷而潮溼。他們等候得夠久了，就在那一刻，採取行動的本能降臨到了他們身上。突然之間，像是被同一個願望所驅使，他們走進了店鋪。在那一刻，這八個男人看起來非常相像——都穿著藍色的工裝褲，多數人頭髮花白，所有人的臉色都是蒼白的，所有人的眼神都是呆滯的。沒人知道他們接下來會幹什麼。不過就在那一刻，樓梯上方傳來了一聲響動。男人抬頭向上看，都呆住了。是他，是那個已經在他們腦海裡被謀殺了的駝子。而且，這個怪物完全不像他們想像的那樣——一個可憐兮兮、骯髒不堪、無依無靠地在世上乞討的長舌男。實際上，他與他們迄今為止見過的任何人都不一樣。房間裡死一般的安靜。

駝子緩緩走下樓來，傲慢得像一個擁有腳下每一吋地板的人。過去幾天裡他身上發生了巨大的變化。首先，他乾淨得讓人難以置信。雖然他還穿著那件小外套，但已被洗刷得乾乾淨淨，縫補得整整齊齊。裡面是一件原屬於阿梅莉亞小姐的紅黑格子的新襯衫。他不像一般人那樣穿著長褲，而是穿了一條只到膝蓋處的緊身馬褲。他的細腿上穿著黑色長襪。他的皮鞋也很特別，樣式別致，而且剛剛擦過，還打了蠟，鞋帶一直繫到腳踝那裡。他脖子上圍著一條淡綠色的羊毛披肩，兩隻碩大蒼白的耳朵幾乎全部埋在了披肩裡面，披肩上的穗子幾乎垂到了地板上。

駝子邁著僵直的小花步走下樓，隨後站在進到店鋪裡的那夥人的中央。他們給他讓出一點地方。他們雙手鬆弛地垂在身旁，睜大眼睛看著他。駝子自己則以一種非同尋常的方法找到自己的位置。他以他眼睛所處的高度注目凝視每一個人，這大約是一個普通人腰間皮帶的高度。然後他故作深沉地打量著每個人的下半身——腰部以下直到鞋底。等到他滿意了，他閉一會兒眼睛，搖搖頭，好像是在說，在他看來，他所看到的根本算不上什麼。隨後，很自信地，純粹是為了肯定自己的看法，他仰起頭，緩緩地轉動腦袋，把圍繞著他的一圈面孔收入眼底。商店左邊地上放著半麻袋用作肥料的海鳥糞，駝子以此方式確定了自己的位置後，就在麻袋上舒舒服服地坐了下來，兩條小細腿翹成了二郎腿，他從外套口袋裡掏出一個物件來。

店裡的人過了好一陣才緩過神來。梅里．瑞安，那個得了「三日燒」、在那天編造謠言的傢伙最先開了口，他看著駝子手裡把玩的物件，用沙啞的聲音問道：

「你手裡拿的是什麼東西？」

每個人都很清楚駝子手上拿的是什麼。那是曾屬於阿梅莉亞小姐父親的鼻煙盒。盒身是藍珐瑯瓷的，盒蓋上鑲嵌著精緻的金絲花紋。這夥人非常熟悉此物，因此覺得很奇怪。他們小心地瞟了一眼辦公室關著的門，聽到阿梅莉亞小姐在裡面輕聲吹著口哨。

「對，是什麼，小不點？」

駝子飛快地抬頭看了看，活動了一下嘴巴，說：「哦，這是專門用來對付好管閒事人的東西。」

駝子把哆哆嗦嗦的細手指伸進盒子裡，撚了一個東西放進嘴裡，可是他沒讓身邊的人也嘗一嘗。他放進嘴裡的甚至都不是真正的鼻煙，而是一種糖和可可的混合物。他把它當作鼻煙來服用，搓一個小團放在下嘴唇內側，舌頭不時舔上一下，每舔一次，他的臉都會皺作一團。

「我這口牙總讓我嘴裡有股酸味。」他解釋道，「所以我吃這種甜的東西。」

這夥人仍然簇擁在他身邊，有點呆滯和遲鈍。這種感覺一直在那裡，不過被另一種情緒沖淡了一些——房間裡的親密氣氛和一種曖昧的節日氛圍。那天晚上在場的那夥人的姓名如下：黑斯蒂．馬隆、羅伯特．卡爾弗特．黑爾、梅里．瑞安、T．M．威林牧師、羅瑟．克萊因、里普．韋爾伯恩、「捲毛」亨利．福特和賀瑞斯．威爾斯。除了威林牧師，其他人在很多方面都很相像，就像前面說過的那樣，都曾從這件或那件事上得到過樂趣、受過磨難、哭泣過。沒被激怒的時候，大多數人都很溫順。他們每個人都在棉紡廠工作過，和別人合租過兩室或三室的房子，租金一個月十到十二塊。因為是禮拜六，所有人那天下午都領了工資。所以，暫且把他們看作一個整體吧。

然而，駝子已經在腦子裡把他們分門別類了。坐穩之後他開始和在場的每一個人聊起天來，問一些諸如結婚沒有、多大了、平均一個禮拜賺多少錢之類的問題，轉彎抹角地打聽一些極為私密的東西。很快，鎮上其他的人也加入進來了，有亨利·梅西，察覺到有什麼異常的遊手好閒的人和叫男人回家的女人，甚至有一個沒人看管的淺黃頭髮的小孩子，他躡手躡腳地溜進店裡，偷了一包動物餅乾，又悄悄地溜走了。就這樣，阿梅莉亞小姐的店裡很快就擠滿了人，而她還是沒有打開辦公室的門。

有一種人，其特有的品質能把他和普通人區分開來。這種人具有一種通常只存在於兒童身上的本能，讓他和外界事物建立起直接和充滿生機的聯繫。駝子顯然是這種類型的人。他在店裡才待了半個小時，就已經與每一個人建立起直接的聯繫。

就好像他已在這個小鎮住了好多年，是眾所周知的人物，已經坐在那袋鳥糞上和別人聊了無數個夜晚。所有這些，加上禮拜六晚上這個原因，可以解釋店裡自由的氛圍和帶點特別的歡樂。氣氛還是有點緊張，部分原因是眼下有點怪異的境況，部分原因是阿梅莉亞小姐仍然把自己關在辦公室裡，還沒有現身。

晚上十點整她走出辦公室。那些期望她出場時會有好戲看的人失望了。她打開門，邁著緩慢而笨拙的大步走出來。她鼻梁的一側有一絲墨跡，她把紅手帕繫在脖子上。她似乎沒有注意到有什麼不正常，灰色的鬥雞眼掃過駝子坐著的地方，在那裡停留了一會兒。對於店裡的其他人，她用平靜中稍帶一點驚訝的眼神看了他們一眼。

「有人要買東西嗎？」她輕聲問道。

因為是禮拜六晚上，店裡有一些顧客，他們都要買酒。阿梅莉亞小姐三天前剛從地裡起出一桶有年分的好酒，在釀酒廠裡分好瓶。那天晚上她從顧客手裡接過錢，在明亮的燈光下點清楚。這些手續和往常一樣。不過接下來發生的事情卻不同尋常。

往常顧客付完錢後要繞到後面黑漆漆的院子裡，她會在廚房門那裡把酒遞給他們。這個交易過程絲毫沒有樂趣可言。拿到酒後，客人就消失在黑夜裡。或者，如果有誰的老婆不讓他在家裡喝，他會轉回到小店的前廊，在那裡或街道上狂飲。前廊和它前面的那條街道也都是阿梅莉亞小姐的產業，這一點沒錯，不過她不把它們當作自己住所的一部分；她的住所始於前門，包括整幢房屋。她不允許任何人在裡面打開酒瓶，除了她自己，誰都不能在裡面喝酒。

現在她第一次打破了這個規矩。她進到廚房裡，駝子緊跟在她身後，接著把酒瓶拿到溫暖明亮的店堂裡。更有甚者，她還放上幾隻酒杯，又打開兩盒餅乾，放在櫃檯上的一個盤子裡招待大家，誰都可以免費拿上一塊。

她只跟駝子一人說話，用粗糙沙啞的嗓音問他：「利蒙表哥，你是就這麼喝，還是在爐子上隔水溫了再喝？」

「不麻煩的話，阿梅莉亞，」駝子說（不加尊稱，冒昧地對阿梅莉亞小姐直呼其名，那是哪一年的事了？——她的新郎和結婚十天的丈夫也沒敢這麼做過。事實上，自從她父親去世後，就沒有人敢以這種熟悉的方式稱呼她，至於她父親，出於某種原因，總叫她「小丫頭」），「不麻煩的話，我想要溫了再喝。」

以上所述就是這家咖啡館的起源。事情就是這麼簡單。現在回過頭去想想，那天晚上像冬天一樣陰冷，要是只能坐在店鋪外面慶祝的話，就太沒意思了。可是小店裡面有夥伴、溫暖和熱情。有人把後面的爐子捅旺了，那些買了酒的人在與朋友分享。還有幾個女人在那裡嚼甘草、喝汽水，甚至來上一口威士忌。駝子仍然是個新奇的人物，他在場讓大家很開心。辦公室的那條長凳也給搬出來了，又加了幾把椅子。其他人則靠著櫃檯站著，或舒服地在酒桶和麻袋上落坐。在店裡打開烈酒並沒有引起什麼粗魯放縱、有傷風化的傻笑或任何不檢點的行為。恰恰相反，大家都禮貌到了近乎羞怯的程度。

這個鎮上的居民那時還不習慣為了娛樂聚集在一起。他們因為工作在工廠見面，或在禮拜天參加一個全天的野餐會——儘管這種野餐會帶有娛樂性，但其目的是加深你對地獄的認識，讓你對萬能的主充滿畏懼。但是一家咖啡館的意義則完全不一樣。即使最有錢、最吝嗇的老無賴也不會可惡到在一家得體的咖啡館裡侮辱別人。窮人則心存感激地四處張望，捏起一撮鹽時都很優雅端莊。一個得體的咖啡館的氛圍意味著以下的素質：友誼、滿足的肚皮和一些優雅歡樂的行為。從來沒有人給那天晚上聚集在阿梅莉亞小姐店鋪裡的人講過這番道理。不過他們卻知道這些，儘管直到那一刻這個鎮上還從未有過一家咖啡館。

而這時，這一切的起因——阿梅莉亞小姐，那天晚上大部分的時間裡都站在廚房門口。從外表上看，她沒有什麼變化。不過很多人注意到她的臉色。她觀察著身邊發生的事情，然而大多數時間眼睛都寂寞地落在駝子身上。他在店裡趾高氣揚地來回走動，從鼻煙盒裡拈東西吃，態度尖酸但又討人喜歡。爐子上的裂縫朝阿梅莉亞小姐投去一束光亮，她棕色的長臉明亮了一些。她似乎在反省，臉上的表情包括痛苦、困惑和不確定的歡欣。她的嘴唇不像過去那樣緊閉著，而是不時地咽上一口唾沫。她的皮膚變白了，一雙大手在出汗。她那天晚上的樣子，就像一個孤獨寂寞的戀人。

咖啡館的開張直到午夜才結束。大家友好地互相道別。阿梅莉亞小姐關上了前門，不過忘記了上門閂。很快，所有這一切——有三家商店的大街、棉紡廠、住家——實際上整個小鎮都沉入到黑暗和寂靜裡。這個包括了陌生人的到來、一個邪惡的節日以及咖啡館的誕生的三天三夜也隨之結束了。

現在，我們得讓時間走得快一點，接下來的四年差別不是很大。發生過重大的變化，但這些變化都是以一些簡單的看似不重要的步驟一點一滴累積起來的。駝子繼續和阿梅莉亞小姐住在一起。咖啡館在逐步擴張。阿梅莉亞小姐開始一杯一杯地賣酒，店裡添了幾張桌子。每天晚上都有客人，禮拜六晚上更是擠滿了人。阿梅莉亞小姐開始提供十五美分一盤的炸鯰魚。駝子慫恿她買了一臺上好的自動演奏鋼琴。不到兩年，這裡就不再是一家雜貨店，而成了一家真正的咖啡館，每晚從六點一直營業到午夜十二點。

每天晚上駝子都趾高氣揚地從樓上下來。他身上總有一股淡淡的蕪菁味，因為阿梅莉亞小姐為了強健他的身體，一早一晚用菜葉和肉燉的湯給他擦身子。她對他的溺愛到了不可理喻的地步，不過似乎沒有什麼能夠讓他變強壯，食物僅僅使得他的駝峰和腦袋長得更大，而其他部分仍然虛弱畸形。阿梅莉亞小姐的外貌沒什麼變化。平時她仍然穿著長筒膠鞋和工裝褲，不過到了禮拜天她會換上深紅色的長裙，那件裙子在她身上成了最古怪的時裝。然而她的舉止，還有她的生活方式則發生了很大的變化。她仍然熱衷於激烈的訴訟，不過不再急於坑騙她的鄉親、不留情面地討要別人的欠帳。因為駝子特別愛好交際，她甚至也跟著出去走動走動——參加布道會、葬禮等等。她的行醫像以往一樣成功，釀造的烈酒甚至比過去還好，如果那是可能的話。咖啡店本身就很有利潤，它是方圓若干英里內唯一能消遣的地方。

我們暫且用幾個斷續隨機的片段說明一下這幾年的情形吧。你會看見他們披著冬天火紅的朝霞去松林狩獵，駝子踩著阿梅莉亞小姐的腳印往前走。你會看見他們在她的地裡幹活——利蒙表哥站在一邊，什麼都不做，卻飛快地指出誰在偷懶。秋日的下午，他們坐在房屋後面的臺階上劈甘蔗。炎熱耀眼的夏天，他們待在生長著墨綠色落羽杉的沼澤地裡，盤錯的樹根下面是一片昏沉沉的幽暗。每當小徑穿過泥塘或一片深水時，你會看見阿梅莉亞小姐彎下腰，讓利蒙表哥爬到她的背上，阿梅莉亞小姐蹚著水朝前走，駝子坐在她肩膀上，雙手抓住她的耳朵或抱著她寬闊的前額。偶爾阿梅莉亞小姐會發動起她買的福特汽車，帶著利蒙表哥去奇霍看一場電影，或去偏遠的地方逛集市、看鬥雞。駝子對壯觀的東西情有獨鍾。當然，每天早晨他們都在咖啡館裡度過，他們經常坐在樓上客廳的壁爐跟前，一坐就是好幾個小時。因為駝子一到晚上就病怏怏的，害怕周圍的黑暗，他對死亡深懷恐懼，阿梅莉亞小姐不願意讓他獨自承受這種恐懼。甚至可以這樣認為，咖啡館之所以辦起來，主要是出於這樣的考慮：咖啡館給他帶來了陪伴和歡樂，幫助他度過那些夜晚。把這些片段拼湊起來，這幾年的大致輪廓也就出來了。其他的就暫且不說了。

現在該對這種行為作些解釋了，是說說愛情的時候了。阿梅莉亞小姐愛著利蒙表哥，這在所有人的眼裡一清二楚。他們住在同一屋簷下，從來沒見他倆分開過。所以，按照麥克費爾太太——一個鼻子上長了黑痣、喜歡把客廳家具不停地搬來搬去、好管閒事的老太婆的看法，根據她以及某些人的觀點，這兩個人生活在罪孽之中。如果說他倆真有親戚關係，也就等於是遠房表親之間的苟合了，但是就連這一點也無法證實。

再說，當然了，阿梅莉亞小姐像個大口徑手槍一樣孔武有力，身高超過六英尺，而利蒙表哥則是個弱不禁風的小駝子，身高只到她腰那裡。不過這更對胖子麥克費爾老婆和她狐朋狗黨的胃口，因為這些人會因為別人的不般配和看來可憐的結合而興奮，所以就隨他們去吧。善良的人則認為如果兩個人之間找到了某種肉體上的滿足，那只是他們自己與上帝之間的事，與他人無關。所有明智的人對那些人的猜測看法是一致的。他們的回答直接明瞭：無稽之談。那麼，這到底是一種什麼樣的愛呢？

首先，愛是兩個人之間的共同體驗——不過並不因為是共同的體驗，對涉及的兩個人來說這個體驗就是相同的。世界上存在著施愛和被愛這兩種人，這是兩種截然不同的人。通常，被愛的一方只是個觸發劑，是對所有儲存著的、長久以來安靜蟄伏在施愛人體內的愛情的觸發。每一個施愛的人多少都知道這一點。他從心裡感到他的愛是一種孤獨的東西。他逐漸體會到一種新而陌生的孤寂，而正是這種認知使他痛苦。所以說施愛的人只有一件事可以做。他必須盡最大可能囚禁自己的愛；他必須為自己創造出一個全新的內心世界——一個激烈又陌生，完全屬於他自己的世界。還要補充一句，我們所說的這個施愛的人並不一定是一個正在存錢買婚戒的年輕人，這個施愛的人可以是男人、女人、兒童，或這個地球上的任何一個人。

至於被愛的人也可以是各式各樣的。最稀奇古怪的人也可以成為愛情的觸發劑。一個老態龍鍾的曾祖父，仍會愛著二十年前某天下午他在奇霍街上見到的陌生姑娘。牧師會愛上墮落的女人。被愛的或許是個奸詐油滑之徒，沾染了各種惡習。是的，施愛的人可能像別人一樣對此看得清清楚楚，但這絲毫不影響他愛情的進展。一個最平庸的人可能是一個瘋狂、奢侈，像沼澤地裡的毒百合一樣美麗愛情的對象。一個善良的人可能是一場狂放下賤愛情的觸發劑，或者，一個喋喋不休的瘋子可能會引發某個人內心裡一首溫柔而單純的田園詩。所以說，愛情的價值與品質僅僅取決於施愛者本身。

正因為如此，我們大多數人更願意去愛別人而不是被人愛。幾乎所有人都想做施愛的人。道理很簡單，世人只在心裡有所感知，很多人都無法忍受自己處於被人愛的狀態。被愛的人害怕和憎恨付出愛的人，理由很充分。因為施愛的一方永遠想要把他所愛的人剝得精光。施愛的一方渴求與被愛的一方建立所有的聯繫，哪怕這種經歷只會給他帶來痛苦。

此前說到過阿梅莉亞小姐有過一次婚姻。我們不妨在這裡說一說這段奇異的經歷。請記住，所有這一切都發生在很久以前，那是駝子到來之前，阿梅莉亞小姐與愛情唯一的一次親身接觸。

那時小鎮和現在差不多，除了只有兩家而不是三家商鋪，沿街的桃樹也比現在更矮小更扭曲。那時阿梅莉亞小姐十九歲，她的父親已經死去好幾個月了。那時鎮上有一個叫馬爾文·梅西的織機維修工。他是亨利·梅西的哥哥，不過看到他們，你絕對猜不出這兩個人是親兄弟。

馬爾文·梅西是這一帶最帥的男子——六英尺一英寸的身高，肌肉結實，長著懶洋洋的灰眼睛和一頭捲髮。他手頭寬裕，工資賺得也不少，有一塊後蓋打開後是一幅瀑布風景的金錶。用外部和世俗的眼光來看，馬爾文·梅西是個幸運的傢伙，他不需要對誰點頭哈腰，卻總能得到他想要的東西。不過從一個更嚴格更深思熟慮的觀點來看，馬爾文·梅西並不值得羨慕，因為他稟性邪惡。跟縣裡的不良少年比起來，他的名聲即使不比他們更糟糕，至少也同樣糟糕。當他還是個大男孩的時候，有好幾年，他總隨身攜帶著一隻醃製風乾的人耳朵，那是他從剃刀格鬥中殺死的男人身上割下來的。為了尋開心，他把松樹林裡松鼠的尾巴剁下來，他左邊後褲口袋裡放著禁用的大麻，用來誘惑那些心灰意懶不想好好活的人。雖然他惡名在外，但他仍然是那一帶很多女子傾慕的對象。那時當地的幾個年輕姑娘，頭髮整潔、目光溫柔，長著纖細可愛的小屁股，模樣迷人。這幾個姑娘都被他糟蹋羞辱了。最終，在他二十二歲那年，馬爾文·梅西看上了阿梅莉亞小姐。那個孤僻、瘦高笨拙、眼睛長得有點怪異的姑娘才是他朝思暮想的人。他看中她完全是出於對她的愛，而不是因為她有錢。

愛情改變了馬爾文·梅西。在他愛上阿梅莉亞小姐之前，可以去質疑像他這樣的人到底有沒有良心。不過我們還是可以為馬爾文·梅西醜陋的性格做些解釋，因為他在這個世界上有個艱難的開端。

他是一家七個沒人要的孩子中的一個，他們的父母幾乎完全不能被稱為父母。

這是一對瘋狂的年輕人，喜歡釣魚和在沼澤地裡閒逛。他們幾乎每年都要增添一個孩子，這對他們來說只是一種累贅。晚上他們從工廠下班回家看到他們，像是不知道這些孩子是從哪兒冒出來的。如果哪個孩子哭鬧，那他就會被打一頓，他們在這個世界上學會的第一件事就是找到房間裡最陰暗的角落，盡最大可能把自己藏起來。他們瘦得像白髮小鬼，不說話，甚至相互之間也不說話。最終，他們被自己的父母拋棄，靠著鎮民的憐憫生活。

那是一個難熬的冬季，鋸木廠歇業快三個月了，誰家的日子都不好過。但這是一個不會讓白人家的孤兒餓死在街頭的小鎮。所以就出現了這樣的結局：最大的孩子，當時才八歲，走到奇霍並消失不見了——或許他爬上一列貨車，出去看世界了，天曉得。另外三個孩子寄宿在鎮上，從一家的廚房吃到另一家的廚房，由於他們都很孱弱，沒等到復活節就先後夭折了。

剩下的兩個孩子就是馬爾文．梅西和亨利．梅西，他們被一家人收養。鎮上有位好心腸的婦人，名叫瑪麗．黑爾太太，她收養了馬爾文．梅西和亨利．梅西，像愛自己的孩子一樣愛他們。他們在她家裡長大，受到了很好的關愛。

但兒童的心是個脆弱的器官。在這個世界上的殘酷開端會把它們扭曲成奇特古怪的形狀。一個受到傷害的兒童的心會收縮，從此就變得像核桃一樣坑坑巴巴和堅硬。還有一種可能，這樣的兒童心會腫脹潰爛，以致難以被他們的身體承載，很容易被某件最普通的事情碰傷。後者發生在亨利．梅西身上，他和哥哥截然相反，是鎮上最溫和善良的人。他把自己的工資借給遭遇不幸的人，過去他經常幫助那些禮拜六晚上去咖啡館尋歡作樂的父母照料孩子。不過他生性害羞，看起來就像一個長著一顆腫脹的心在受苦的人。然而馬爾文．梅西卻變得膽大妄為和殘酷無情。他的心變得像撒旦頭上的角一樣堅硬，在愛上阿梅莉亞小姐之前，他帶給弟弟和那位好心腸婦人的只有恥辱和麻煩。

但愛情徹底改變了馬爾文．梅西的品性。他傾慕阿梅莉亞小姐兩年，但並沒有向她表白。他會站在她店鋪的大門附近，帽子拿在手裡，眼睛裡流露出溫柔嚮往的霧灰色目光。他徹底改變了自己。馬爾文．梅西對弟弟和養母都很好，學會了儉省並把工資存起來。更重要的是他尋求上帝。禮拜天他不再在前廊地上躺一整天，彈吉他唱歌；他去教堂做禮拜，參加所有的宗教集會。他學會了禮貌，訓練自己起身讓座給女士，杜絕了說髒話、打架和用上帝的名字賭咒發誓。他用了兩年的時間完成了這個轉變，從各方面改善了自己的品德。兩年結束後的一個晚上，他去找阿梅莉亞小姐，帶著一束沼澤地裡的野花、一袋豬小腸和一枚銀戒指。那個晚上，馬爾文・梅西向阿梅莉亞小姐表明了自己的心跡。

而阿梅莉亞小姐真的嫁給了他。事後大家都很納悶。有人說她是想收點結婚禮物。其他人則堅信那是她在奇霍的姑婆整天向她嘮叨的結果，姑婆是一個很恐怖的老太婆。不管怎麼說，阿梅莉亞小姐邁著大步走上了教堂中間的通道，身上穿著她死去母親的婚裙，那件婚裙是黃緞子的，對她來說至少短了十二英寸。那是冬天的一個下午，明朗的陽光透過教堂紅寶石色的窗戶玻璃，給聖壇前的這對新人投上了一層奇異的光彩。婚禮過程中，阿梅莉亞小姐不停做著一個奇怪的動作——用她的右手掌蹭她婚裙的一側。她在找她工裝褲的口袋，因為找不到，她的臉色越來越不耐煩，越來越厭倦和惱怒。最終，當婚誓宣讀完畢，婚禮禱告也結束了，阿梅莉亞小姐急匆匆地離開了教堂，她沒有挽住新郎的手臂，而是走在他的前面，領先他至少兩步。

教堂離店鋪不遠，所以新娘、新郎步行回家。據說回家的路上阿梅莉亞小姐談起了她和一個農夫就一批柴火達成的交易。實際上，她對待她的新郎與對待一個來店裡買一品脫烈酒的顧客沒什麼兩樣。不過到目前為止，一切進展得還算順利，鎮上的人很滿意，因為大家看到過愛情對馬爾文．梅西所發揮的作用，盼望他的新娘也會因此有所改變。至少，他們指望這場婚姻能夠把阿梅莉亞小姐的脾氣改得好一點，給她身上添上點新娘的豐潤，並最終成為一個靠得住的女人。

他們全錯了，據那天晚上趴在窗戶上往裡看的那些小男孩說，接下來的真實情況是這樣的：新娘和新郎吃了一頓豐盛的晚餐，是平時給阿梅莉亞小姐做飯的黑人傑夫準備的。新娘每道飯菜都要了第二份，可是新郎卻挑挑揀揀。隨後新娘就去處理自己的日常事務——讀報紙、盤點貨物等等。新郎無所事事地待在門口，臉上一副放任、癡呆和喜悅的表情，不過新娘並沒有注意到。到了十一點，新娘拿起一盞油燈上樓了。新郎緊跟在她身後。到那一刻為止一切都還算正常，但接下來發生的卻有點褻瀆神明了。

不到半小時，身穿馬褲和卡其布夾克的阿梅莉亞小姐就「蹬蹬蹬」地走下樓來。她陰沉著臉，所以看上去很黑。她猛地推開廚房門，又惡狠狠地踢了門一腳。隨後她控制住自己的情緒。她捅開爐火，坐下來，把腳翹在爐子上。她讀起了《農人曆書》，喝咖啡，用她父親的菸斗抽了一斗菸。她的臉色冷酷嚴厲，臉倒是白了一點，看上去比較自然了。她不時停下來，把曆書上的信息抄在紙上。天快亮的時候她去了辦公室，打開蓋著的打字機，這臺打字機是她最近剛買的，她還在學習怎樣使用。以上是她度過自己新婚之夜的全過程。天亮以後，她像是什麼都沒有發生似的，去院子裡做了一會兒木工，她在做一個兔籠，一週前開始的，打算做好後賣掉。

當一個新郎不能把自己心愛的新娘弄上床，而且全鎮的人都知道了，那真是尷尬到家了。那天馬爾文·梅西下樓時還穿著他婚禮上穿的禮服，臉上病怏怏的。天曉得他是怎樣度過自己的新婚之夜的。他在院子裡轉來轉去，觀察著阿梅莉亞小姐，但保持著一定的距離。快到中午時他靈機一動，朝社會市方向走去。回來時他帶著禮物——一枚貓眼石戒指、時下流行的粉色琺瑯胸墜、一隻上面刻著兩顆心的銀手鐲，還有一盒價值兩美元五十美分的糖果。阿梅莉亞小姐把這些禮物打量了一番，拆開了那盒糖果，原因是她餓了。她精明地估算出其他禮物的總價，然後把它們放在櫃檯上出售。這個晚上和前一個晚上幾乎一樣，只不過阿梅莉亞小姐用她的羽毛床墊在廚房爐子前鋪了個床，她睡得很香。

這樣的情形持續了三天。阿梅莉亞小姐像平時一樣處理日常事務，她對公路往南十英里的地方要造一座橋的謠言很感興趣。馬爾文·梅西仍然房前屋後地跟著她，從他臉上很容易看出來他在受折磨。到了第四天，他幹了一件愚蠢到家的事情：他去了一趟奇霍，請來律師。然後就在阿梅莉亞小姐的辦公室裡，他把自己的全部家產歸到了她的名下，那是他用存款購得的十英畝林場。她一本正經地把文件審查了一遍，確定裡面沒有什麼詭計後，才冷靜地把文件存放進辦公桌的抽屜裡。那天下午馬爾文·梅西帶著一大瓶威士忌去了沼澤地，那時太陽還掛得老高。天快黑的時候他醉醺醺地回來，瞪著溼潤的大眼睛，走到阿梅莉亞小姐跟前，把一隻手搭在她肩膀上。他想和她說點什麼。可是還沒等他開口，臉上就挨了她揮過來的一拳，打得他倒退著撞到了牆上，門牙也被打掉了一顆。

餘下的事情我們只能大致羅列一下。自從阿梅莉亞小姐揮臂打出了第一拳，只要他走到她跟前、只要他喝醉了酒，阿梅莉亞小姐就會動手揍他。最終她把他徹底趕出了家門，他被迫在眾人眼皮底下受辱。白天他在阿梅莉亞小姐地界外面一點的地方晃蕩，有時候，他會帶著憔悴瘋狂的表情，坐在那裡擦他的步槍，眼睛一動不動地盯著阿梅莉亞小姐。即便她害怕了，她也沒有顯露出來，不過，她的臉色比以往任何時候都更嚴峻了，經常朝地上吐口唾沫。他幹的最後一件蠢事是從窗戶翻進她的店鋪，黑漆漆地坐在裡面，什麼目的也沒有，直到第二天她下樓時才發現。針對他的這一行為，阿梅莉亞小姐立刻趕去奇霍的法院，打算以非法侵入住宅罪將他送進監獄。馬爾文·梅西於那一天離開了小鎮，沒有人看見他離開或知道他去了哪裡。走之前他留下一封奇怪的信，一部分用鉛筆，另一部分用鋼筆寫成，從門縫塞進阿梅莉亞小姐家。那是一封瘋狂的情書，但其中包含威脅，他發誓此生他一定會報復她。他的婚姻持續了十天。鎮上的人感到非常滿意，那是看到一個人被醜聞和可怕的力量摧毀後的滿足。

阿梅莉亞小姐得到了馬爾文·梅西所有的財產——他的林場、他的金錶、他的每一件財物。不過她好像並不把這些東西當回事，那年春天她把他的三K黨長袍剪了，用來覆蓋她種植的菸草。所以說他所做的一切僅僅是讓她更加富有並帶給她愛情。不過說來也怪，一說到他，她就咬牙切齒。提到他時她從來不用他的姓名，總是輕蔑地用「我嫁的那個織機維修工」來稱呼他。

後來，有關馬爾文·梅西的駭人聽聞的謠言傳到了鎮上，阿梅莉亞小姐很高興。一旦掙脫了愛情的束縛，馬爾文·梅西的真實性格終於顯露出來了。他成了一名罪犯，照片和名字登在州裡所有的報紙上。他搶劫了三家加油站，用一把鋸短了槍管的槍搶劫了社會市的一家Ａ＆Ｐ商場。他是謀殺「瞇眼」山姆的嫌疑犯，而山姆本身就是一名劫持犯。所有這些罪行都與馬爾文·梅西的名字聯繫在一起，他的惡名傳遍了四鄉八鎮。最終員警逮到了他，當時他爛醉如泥地躺在一家小客棧的地上，身邊放著吉他，右腳的鞋子裡放著五十七塊錢。他受審、被判刑，關進了亞特蘭大附近的一所監獄。阿梅莉亞小姐非常稱心滿意。

好了，這些都是多年前發生的事情，是一些與阿梅莉亞小姐婚姻有關的故事。鎮上的人因為這件荒唐的韻事開心了好一陣子。不過儘管從表面上看來，這段戀情確實悲慘而且荒唐，這裡不得不提醒大家，真實的故事發生在施愛的一方的心靈深處。所以說除了上帝，還有誰能對這種愛或其他任何形式的愛加以評判？咖啡館開業的第一個晚上，有幾個人突然想到了那個關在遠方陰暗監獄裡的潦倒新郎。後來的歲月裡，鎮上的人並沒有把馬爾文·梅西這個人完全忘掉。只是當著阿梅莉亞小姐或駝子的面，沒有人會再提起這個名字。但是與他的激情和犯罪有關的記憶，還有他被關在監獄的一間牢房裡的念頭，卻像一個不安的弦外之音，藏在阿梅莉亞小姐的幸福愛情和咖啡館的歡樂氣氛下面。所以大家別忘了這個叫馬爾文·梅西的人，因為他要在接下來的故事裡扮演一個可怕的角色。商鋪變成咖啡館後的四年裡，樓上房間的擺設沒有變過。屋子的這一部分在阿梅莉亞小姐的一生裡一直保持著原來的樣子，那是她父親在世時的樣子，很有可能在他之前就是這樣了。這三個房間，如前所述，打掃得窗明几淨，連最不起眼的東西都有它固定的位置。每天早晨，阿梅莉亞小姐的傭人傑夫會把每樣東西撣去灰塵，擦拭乾淨。前面的房間歸利蒙表哥，那是馬爾文．梅西在他獲准居住期間住過幾晚的房間，在那之前是阿梅莉亞小姐父親的臥室。房間裡有一個大衣櫃、一個五斗櫃，上面覆蓋著漿過的帶花邊的白色亞麻布，還有一個大理石面的桌子。一張碩大無比的床，是那種用黑檀木雕刻的帶四根柱子的老式大床。上面鋪著兩床羽毛床墊，放著抱枕和好幾條手工棉被。床很高，下面放著一個兩級的木梯。此前住過的人沒用過這個木梯，但利蒙表哥每天晚上把它拉出來，堂而皇之地踏著它上床。木梯旁邊，一個上面畫著粉色玫瑰的瓷夜壺被小心地推到一個不起眼的地方。光亮的深色地板上沒有鋪地毯，窗簾是某種白布料做的，也鉤著花邊。

客廳另一邊的房間是阿梅莉亞小姐的臥室，稍小一點，布置得很簡單。床很窄，是松木的。有一個用來放她的馬褲、襯衫和禮拜天穿的衣服的五斗櫃，她在壁櫥的牆上釘了兩根釘子，用來掛她的長筒膠鞋。房間裡沒有窗簾、地毯或任何裝飾性的物品。

中間用作客廳的大房間布置得極為講究。壁爐前放著一張檀木沙發，上面蓋的綠緞子已經磨舊。幾張大理石面的桌子、兩臺勝家牌縫紉機、一個插著蒲葦的大花瓶——所有的東西都富麗堂皇。客廳裡最重要的家具是一個有玻璃門的大櫥櫃，裡面擺放著若干件珍寶古玩。阿梅莉亞小姐給這些收藏品增添了兩件東西——一件是一顆水橡樹的大橡實，另一件是一個小絲絨盒，裡面放著兩粒灰色的小石子。沒事可做的時候，阿梅莉亞小姐會把這個絲絨盒拿出來，站在窗前，低頭看著手掌裡的兩粒石子，臉上的表情很複雜，著迷、半信半疑和幾分敬畏。那兩粒石子是阿梅莉亞小姐身上的腎結石，幾年前由奇霍的一位醫生給她取出來的。那是一段可怕的經歷，自始至終，到頭來她只得到了兩粒小石子。她當然要看重這些石子，不然的話就等於承認自己吃了大虧。所以她把石子保留下來。在利蒙表哥和她住的第二年，她把這兩顆石子鑲在她送給他的錶鏈上。她添加的另一件收藏，那顆大橡實對她尤為珍貴，不過每次看著它，她的表情總是既悲傷又有點困惑。

「阿梅莉亞，這東西有什麼特別的意義嗎？」利蒙表哥問她。

「喔，只是一顆橡實，」她回答說，「是老爹過世那天下午我撿到的。」

「什麼意思？」利蒙表哥追問道。

「我的意思是這只不過是那天我在地上看到的一顆橡實。我撿起來放進口袋裡。

不過我也不知道為什麼要這麼做。」

「這個原因也真夠古怪的。」利蒙表哥說。

阿梅莉亞小姐和利蒙表哥在樓上房間聊天的次數不少，通常是在天剛亮的頭幾個小時裡，駝子在這個時候總是睡不著。一般情況下，阿梅莉亞小姐很沉默，不會因為腦子裡冒出個什麼念頭就信口胡言。不過還是有讓她感興趣的話題。所有這些話題有個共同點——它們都沒完沒了。她喜歡那些思考了幾十年仍然得不到答案的問題。而利蒙表哥則是個話匣子，什麼都能聊。他們聊天的方式也截然不同。阿梅莉亞小姐總愛不著邊際、泛泛而談，用一種低沉深思的嗓音說個沒完，永遠也結束不了。利蒙表哥會突然打斷她，就某個細節喋喋不休地說起來，他說的哪怕不重要，但至少是實在的，而且與眼前的實際情況有關聯。阿梅莉亞小姐感興趣的話題包括：星球、黑人為什麼是黑色的、治療癌症的最佳方法等等。她父親也是一個對她很重要而百說不厭的話題。

「天哪，」她會對利蒙表哥說，「那些日子我真貪睡。晚上剛點起燈我就上床了，一下子就睡著了——哇，我睡得昏昏沉沉，像是泡在暖乎乎的機油裡面。天亮了，老爹走進來，把手按在我的肩膀上。『醒醒，小丫頭。』他會說。等到爐子熱起來了，他會朝樓上大叫：『油炸玉米餅。』他會大叫：『火雞配肉汁。火腿加雞蛋。』我會跑下樓，他在外面水泵那兒梳洗的時候，我在爐子旁邊穿好衣服。然後我們就去酒廠或是……」

「我們今天早晨吃的玉米餅不怎麼樣。」利蒙表哥說，「炸的時間太短，裡面還是冷的。」

「當年老爹出酒的時候……」對話會沒完沒了，阿梅莉亞小姐的大長腿一直伸到壁爐的爐床前，因為利蒙表哥怕冷，不管冬天還是夏天，壁爐裡都生著火。利蒙表哥坐在她對面的一張矮椅子上，兩隻腳沒有完全著地，上身通常裹著條毛毯或那條綠羊毛披肩。除了利蒙表哥，阿梅莉亞小姐沒向任何人提起過自己的父親。

這是她向他示愛的方式之一。她在最細微和最重大的事情上都很信任他。他知道她記載著威士忌酒桶埋藏地點的文件放在哪裡。只有他可以拿到她的銀行存摺和古玩櫃的鑰匙。他從收銀機裡拿錢，一抓一大把，他喜歡聽口袋裡叮叮噹噹的錢幣聲。這裡幾乎所有的東西都歸他所有了，因為只要他一不高興，阿梅莉亞小姐就會找些禮物送他，以致她身邊已經沒有什麼可以送他的東西了。她生活中唯一不想與利蒙表哥分享的東西就是她對自己十天婚姻的記憶。馬爾文・梅西是一個他倆從未談論過的話題。

讓我們一筆帶過這段緩慢流逝的歲月，轉眼來到利蒙表哥來到小鎮六年後一個禮拜六的傍晚。那時正值八月，小鎮的上方像是被一片火覆蓋著，燒了整整一天。綠色暮光初露，帶來一絲緩解。街道上覆蓋著一英寸厚的金色乾土，小孩子都赤裸著上身跑來跑去，打著噴嚏、全身是汗，有點狂躁不安。紡織廠中午就停工了。大街旁邊住家裡的居民坐在門前的臺階上，女人手裡拿著蒲扇。阿梅莉亞小姐店鋪門口有塊招牌，上面寫著「咖啡館」三個大字。屋後的陽臺很陰涼，利蒙表哥坐在格子型的陰影裡搖著製霜淇淋機——他不時取出裡面裝鹽和冰的碗，再取出攪拌器舔一舔，看看做好了沒有。傑夫在廚房裡做飯。這天一大早，阿梅莉亞小姐在前廊的牆上貼出了一個告示：「今晚——雞肉飯——每份兩毛。」咖啡館已開始營業，阿梅莉亞小姐剛在辦公室裡處理完一些事情。八張桌子上都坐滿了客人，自動演奏鋼琴叮叮咚咚地演奏著音樂。

靠近門的一個角落裡，亨利．梅西坐在一個小孩子旁邊。他正喝著一杯酒，這對他來說極不尋常，因為他喝酒容易醉，喝完不是哭泣就是唱歌。他的臉色慘白，左眼神經質地不停地抽搐，他一焦慮就會這樣。他不聲不響地從側面走進咖啡館，別人和他打招呼他也不吭聲。他身邊的小孩是賀瑞斯．威爾斯家的，早晨就送過來了，讓阿梅莉亞小姐為他治病。

阿梅莉亞小姐走出辦公室時心情不錯。她去廚房裡關照了一下，手裡捏著一個雞屁股走進咖啡館，那是她最愛吃的東西。她四下看了看，發現一切都井然有序，就走到角落裡亨利．梅西坐的那張桌子前面。她把椅子轉個方向，椅背朝前騎坐在椅子上，因為她還不打算吃晚飯，想藉此打發掉這段時間。她工裝褲的屁股口袋裡有一瓶「止咳靈」，這是一種用威士忌、冰糖和一種祕傳的藥材配製的藥水。阿梅莉亞小姐打開瓶蓋，把瓶口對準孩子的嘴。她轉過頭來看亨利．梅西，看見他緊張地眨巴著左眼，便問道：

「你哪兒不舒服？」

亨利．梅西似乎想要說出一件難以啟口的事情，不過，在盯著阿梅莉亞小姐的眼睛看了很久之後，他咽了一口唾沫，沒說什麼。

阿梅莉亞小姐轉身去看她的病人。小孩子只有頭露出桌面。他滿臉通紅，眼皮半睜半閉地耷拉著，嘴巴半張著。他大腿上長了個又硬又腫的大癤子，送到阿梅莉亞小姐這兒來開刀。不過阿梅莉亞小姐治療兒童時一般採用特殊的方法，她不想看到他們經受疼痛、掙扎和擔驚受怕。所以她把孩子留在這裡一整天，給他吃甘草，不時餵他一點「止咳靈」，臨近傍晚，她給他脖子上圍了一條餐巾，讓他吃得飽飽的。此刻他坐在桌子前面，腦袋緩緩地從一邊晃到另一邊，有時，在他呼氣的時候，會發出一兩聲疲憊的咕嚕聲。

咖啡館裡一陣騷動，阿梅莉亞小姐迅速地環視了一下。利蒙表哥進來了。駝子像每天晚上一樣，趾高氣揚地走進咖啡館。走到房間的正中央後，他突然收住腳步，機靈地四下看了看，把身邊的人掂量了一番，就當晚屋內的情形迅速調整好自己的情緒。

駝子擅長惡作劇。他愛看別人爭吵，不用說一句話就能讓別人互相打起來，手法之高明，簡直不可思議。正是由於他，雙胞胎雷尼為了一把折疊刀爭吵了兩年，從那以後他倆沒說過一句話。里普．韋爾伯恩和羅伯特．卡爾弗特．黑爾大打出手的那一次他也在場。

實際上自從他來到了小鎮，每場鬥毆的場合裡都少不了他。他四處打探，知道每一個人的隱私，沒有一刻不在管閒事。然而，奇怪的是，儘管這樣，駝子卻是咖啡館生意興隆的最大功臣。只要有他在場，氣氛就很活絡。當他走進來時，咖啡館裡的氣氛總會突然緊張起來，因為多了這個好管閒事的人，誰都不知道什麼會落到你的頭上，也不知道房間裡會突然發生什麼事情。每當出現動亂或災難的苗頭時，大家總會感到從未有過的自由和無所顧忌的開心。所以駝子一旦走進咖啡館，所有人都會扭過頭來看看他，人群裡迅速爆發出一陣聊天和打開瓶蓋的聲音。

利蒙表哥朝與梅里．瑞安和「捲毛」亨利．福特坐在一起的胖子麥克費爾揮揮手。「今天我去羅騰湖釣魚，」他說，「路上跨過一截像是倒在地上的樹幹。但就在跨過去的那一剎那，我感到有東西動了一下，我又看了一眼，發現胯下是條鱷魚，有前門到廚房那麼長，身子比一頭豬還要粗。」

駝子嘮嘮叨叨說個沒完。大家不時看他一眼，有人在留心他說的，其他人根本沒有在聽。有時候，他說的每一個字不是假話就是在吹牛。今晚他說的全是假話。他因為扁桃腺發炎在床上躺了一整天，為了做冰淇淋，快到傍晚才從床上爬起來。大家都知道這件事，但他仍然站在咖啡館中間睜眼說瞎話，自吹自擂，把別人的耳朵都磨出繭來了。

阿梅莉亞小姐雙手插在工裝褲的口袋裡，頭側向一邊，看著他。她古怪的灰眼睛裡有一絲溫柔，兀自微笑著。偶爾，她會把目光從駝子身上移開，看一眼咖啡館裡其他的人——這時候她的表情是驕傲的，還帶著一絲威脅，好像誰膽敢去指出駝子的愚蠢行為，她絕不善罷甘休。傑夫把已經盛在盤子裡的晚餐端上來，咖啡館裡新購置的電扇吹出一陣陣愜意的涼風。

「小傢伙睡著了。」亨利．梅西終於開口了。

阿梅莉亞小姐低頭看了看身邊的病人，平靜了一下自己，好去處理手頭的事情。孩子的下巴擱在桌邊，嘴角掛著泡泡，不知是口水還是「止咳靈」。他的眼睛徹底閉上了，一小群小蟲子安然停留在他眼角那兒。阿梅莉亞小姐把手放在他額頭上，使勁搖了幾下，可是病人並沒有醒來。於是她把孩子從桌子旁邊抱起來，小心不去碰他腿上發炎的部位，走進自己的辦公室。亨利．梅西跟在她身後，他們關上了辦公室的門。

那天晚上利蒙表哥覺得有點無聊。沒有什麼有意思的事情，儘管天氣炎熱，咖啡館顧客的心情都不錯。「捲毛」亨利．福特和賀瑞斯．威爾斯坐在當中的一張桌子邊，摟著對方的肩膀，因為某個冗長的笑話而「咯咯咯」地笑個沒完——可是駝子走到他們跟前後，仍然聽不出個頭緒，因為他沒有聽到故事的開頭。月光照亮了滿是塵土的小路，矮小的桃樹烏漆抹黑的，紋絲不動——沒有風。沼澤地裡蚊子昏昏欲睡的嗡嗡聲像寧靜夜晚的回音。小鎮漆黑一片，除了小路盡頭靠右閃爍搖曳的燈光。黑暗中一個女人在用高亢狂野的嗓音唱著一首沒頭沒尾的歌謠，她一遍又一遍地唱著那首只有三個音符的歌謠。駝子靠著前廊的欄杆站著，看著空曠的小路，像是期待著誰的到來。

他身後響起了腳步聲，一個聲音說道：「利蒙表哥，你的晚餐已經上桌了。」

「今晚我的胃口不太好。」駝子說，他一整天都在吃甜食，「我嘴裡發酸。」

「隨便吃一點吧，」阿梅莉亞小姐說，「雞胸肉、雞肝和雞心。」

他們回到明亮的咖啡館裡，坐在亨利．梅西旁邊。他們那張桌子是咖啡館裡最大的一張，上面放著一束插在可口可樂瓶子裡的沼澤地裡的百合。阿梅莉亞小姐已經處理完她的病人，她很滿意自己的手術。辦公室關著的門後只傳出來幾聲睡意朦朧的嗚咽，不等病人醒來擔驚受怕，一切都已經結束了。此刻孩子正伏在他父親的肩頭，睡得死死的，小手鬆鬆垮垮地垂在他父親的背上，鼓起的臉蛋紅咚咚的——他們正打算離開這裡回家。

亨利．梅西仍然沉默不語。他小心翼翼地吃著東西，咽食物的時候不發出一點聲音。他的胃口還不到利蒙表哥的三分之一，利蒙表哥口口聲聲說自己沒胃口，卻吃了一盤又一盤。時不時地，亨利會抬頭看一眼對面的阿梅莉亞小姐，但他還是沒開口。

這是一個典型的禮拜六夜晚。一對鄉下來的老夫婦手拉著手，在門口遲疑了一會兒，最後還是決定進到裡面來。他們共同生活了那麼久，那對老夫妻，以至於看起來非常相像，簡直就像一對雙胞胎。他們深棕色的皮膚皺巴巴的，看上去像兩顆行走的花生米。他們早早地離開了，到了午夜，大多數客人都走了。羅瑟・克萊因還在和梅里・瑞安下跳棋，胖子麥克費爾手拿一瓶酒坐在桌旁（他老婆不讓他在家裡喝酒），在心平氣和地與自己對話。亨利・梅西還沒走，這很不正常，因為他幾乎總是天一黑就上床睡覺。阿梅莉亞小姐睏得直打哈欠，但是利蒙表哥還很亢奮，她沒有提議打烊關門。

終於，凌晨一點的時候，亨利・梅西抬頭看著角落裡的天花板，輕聲對阿梅莉亞小姐說道：「我今天收到一封信。」

阿梅莉亞小姐並沒因此而大驚小怪，她經常收到各種商業信函和商品型錄。

「我收到了我哥的一封信。」亨利・梅西說。

雙手搭在後腦勺上，一直在咖啡館裡走著正步的駝子突然停住腳步。他總能迅速察覺出人群中異樣的氣氛。他掃了一眼房間裡的每一張臉，等著。

阿梅莉亞小姐皺起眉頭，握緊了右拳。「往下說。」她說。

「他獲得了假釋。他出獄了。」

阿梅莉亞小姐的臉黑得怕人，儘管晚上的氣候很暖和，她卻在發抖。胖子麥克費爾和梅里．瑞安把跳棋推到一邊。咖啡館裡極為安靜。

「誰？」利蒙表哥問道，灰色的大耳朵彷彿長大了一點，立了起來，「什麼？」

阿梅莉亞小姐使勁拍了一下桌子。「因為馬爾文．梅西是個——」不過她的嗓音變嘶啞了，過了一會兒她才說道：「他應該在監獄裡待一輩子。」

「他幹了什麼？」利蒙表哥問道。

一陣漫長的沉默，沒人知道該怎樣回答這個問題。「他搶了三家加油站。」胖子麥克費爾說。但是他的話聽起來不完整，給人的感覺是還有一些罪行被隱瞞了。

駝子不耐煩了。他無法忍受自己置身於任何事物之外，哪怕那是個大災難。他沒聽說過馬爾文．梅西這個名字，不過這和任何一件別人知道而他不知道的事情一樣，讓他心癢難熬。比如，有誰提起了那個他來前就已拆毀的鋸木廠，或是關於可憐的莫里斯．范因斯坦的隨便一句話，或是對他來前發生的任何一件事情的回憶。

除了這種天生的好奇心，駝子對搶劫和各種犯罪行為都懷有極大的興趣。他繞著桌子趾高氣揚地行走著，嘴裡念叨著「假釋」和「監獄」這幾個詞。不過儘管他不停地追問，還是沒有問出什麼來，因為沒有人敢在咖啡館裡當著阿梅莉亞小姐的面提起馬爾文．梅西。

「信裡沒說什麼，」亨利．梅西說，「他沒說他要去哪裡。」

「哼！」阿梅莉亞小姐說，她的臉色仍然很嚴峻，非常晦暗，「他休想把他分了岔的蹄子踏上我的地盤。」

她把屁股下的椅子從桌旁推開，準備關店門。也許是想到了馬爾文．梅西，有些擔心，她把收銀櫃拖進了廚房並放在一個隱蔽的地方。亨利．梅西順著黑漆漆的小路回家了。不過「捲毛」亨利．福特和梅里．瑞安在前廊逗留了一會兒。後來梅里．瑞安賭咒發誓，說他那天晚上就預感到了將來要發生的事情。然而鎮上的人誰都不在意他說的，因為這是梅里．瑞安的老招了。阿梅莉亞小姐和利蒙表哥在客廳裡聊了一會兒。當駝子終於覺得自己可以睡著了，她幫他放下蚊帳，等著他做完禱告。然後她換上長睡袍，抽了兩斗菸，過了很久才上床睡覺。

那年的秋天是段歡樂的時光。鄉下的莊稼長勢喜人，分岔瀑集市上菸草的價格一直很強勢。經歷了一個炎熱的夏季後，最初幾個涼爽的日子顯得更加清新、明亮和甜美。土路旁邊長滿了秋麒麟草；甘蔗熟了，透出了紫色。來自奇霍的客車每天運送幾個這裡的孩子去聯合公立學校上學。男孩子在松林裡獵狐狸，外面晾衣繩上曬著冬天要蓋的棉被，地裡種上了紅薯，上面覆蓋著乾草，以抵禦日後寒冷的天氣。晚上，煙囪裡炊煙嫋嫋，秋天的天空裡掛著一輪橘黃色的圓月。沒有比秋季頭幾個涼爽天更寧靜的夜晚了，夜深的時候，要是沒有風，從鎮上就能聽見經過社會市向北的火車發出的尖細汽笛聲。

對阿梅莉亞小姐來說，這是一個極其忙碌的季節。她從黎明起就開始幹活，直到太陽下山。她給釀酒廠新造了一臺更大的冷凝器，一個禮拜生產的烈酒就足夠灌醉全縣的人。她的老騾子碾了那麼多的甘蔗，都轉暈了；她用開水把廣口瓶燙乾淨，用來存放梨子做的蜜餞。她急切地期盼著第一場霜降，因為她買了三頭大肥豬，打算做一大批烤肉和大小香腸。

在這幾個禮拜，很多人注意到阿梅莉亞小姐的一個新特徵。她經常開懷大笑，笑聲深沉洪亮，她的口哨吹得很活潑，優美花稍。她一直在測試自己的力量，舉起重物，或用手指戳一戳自己的二頭肌。有一天，她坐在打字機前寫了一篇小說。小說裡面有外國人、陷阱和數以百萬的金錢。利蒙表哥總是和她待在一起，無所事事地跟在她身後。看著他的時候，她臉上的表情燦爛溫柔，叫他名字的時候，她的聲音裡蘊含著愛戀。

第一場寒流終於到來了。一天早晨，阿梅莉亞小姐醒來後發現窗戶玻璃上結了霜花，院子裡的草地也鍍上了一層銀色。阿梅莉亞小姐把廚房的爐火燒旺之後，去門外觀察天氣。空氣清冷，淡綠色的天空裡沒有一絲雲。很快，鎮民就從四鄉裡趕來，想知道阿梅莉亞小姐對天氣的看法。她決定殺那頭最大的豬，消息很快就傳遍了四鄉。豬殺好了，烤肉坑裡用橡木燃起文火。後院裡彌漫著熱乎乎的豬血味和橡木的煙味，冬天的空氣中迴蕩著雜亂的腳步聲和清亮的說話聲。阿梅莉亞小姐在四處走動，發號施令，不久，工作就做得差不多了。

她那天要去奇霍處理一件特殊的事情。在確認一切都正常後，她發動起汽車，準備出發。她想讓利蒙表哥跟她一起去，實際上，她前後跟他說了七次，可是他不願意離開眼前的熱鬧，想留下來。阿梅莉亞小姐似乎有點不高興，因為她總想有他待在身邊，而當她不得不出門時，會很想家。不過在問了七次以後，她不再勸他了。臨行前她找了一根木棍，沿著烤肉坑畫了一條很粗的線，距離烤肉坑大約兩英尺，叮囑他不要跨過這條線。吃完晚飯她就離開了，打算天黑前趕回來。

如今，從奇霍開來一輛卡車或小轎車，經過小鎮去某個地方，已經不是稀罕事了。每年稅收大員都要下來和阿梅莉亞小姐這樣的有錢人爭執一番。如果鎮上有人心血來潮，比如像梅里·瑞安這樣的人，想貸款買輛汽車，或只預付三塊錢，就搬回一臺像在奇霍商店櫥窗裡做廣告的那種高級電冰箱，這時就會有人從城裡下來，問東問西，挑出他的一大堆問題，斷送他想透過分期付款購物的可能。有時候，運送囚犯的車子會從小鎮經過，特別是當他們在分岔瀑公路做苦工的時候。也經常有開車的人迷了路，停下來問路。所以那天傍晚一輛卡車開過紡織廠，在靠近咖啡館的路邊停下，並沒有引起居民的特別注意。一個男人從卡車後車廂跳下來，卡車隨即又開走了。

男人站在公路中間，四下看了看。他是個高個子，一頭棕色的捲髮，深藍色的眼睛懶洋洋的。他的嘴唇紅潤，嘴巴半張著，露出漫不經心、愛吹牛的人臉上常見的那種微笑。這個男人穿著紅襯衫，腰上繫著壓花寬皮帶，手裡拎著一個鐵皮箱和一把吉他。鎮上首先看見他的人是利蒙表哥，他聽到了汽車換檔的聲音，跑過來看個究竟。駝子從前廊角落探出腦袋，但沒有把整個身體露出來。他和那個男人對視了一會兒，但這不是兩個初次相遇、在迅速打量對方的陌生人的眼光。他們交換的是一種奇特的凝視，臉上的表情更像是兩個認出了對方的罪犯。隨後穿紅襯衫的男子聳了聳左肩，轉過身去。駝子臉色煞白地看著那個男人沿著小路往前走，過了一會兒，駝子開始小心翼翼地跟隨著他，隔著好幾步的距離。

馬爾文．梅西回來的消息立刻傳遍了小鎮。他先去了紡織廠，把手臂懶洋洋地支在窗臺上朝裡面看。他喜歡看別人在辛苦工作，所有天生的懶鬼都愛這麼做。紡織廠陷入了一種近似麻木的混亂。染色工離開了熱氣騰騰的染缸，紡紗工和編織工忘掉了自己操作的機器，就連胖子麥克費爾，他是個工頭，也不知道該幹什麼。馬爾文．梅西仍然半張著溼潤的嘴巴微笑著，就連看見了自己的弟弟，也沒有收起浮誇的表情。轉完紡織廠後，馬爾文．梅西去了他在裡面長大的房子，把手提箱和吉他留在前廊上。他繞著工廠的蓄水池轉了一圈，看了看教堂、鎮上的三家商店和其他的地方。駝子悄悄地跟在他的後面，保持著一定的距離，兩隻手插在口袋裡，一張小臉還是煞白的。

天色已晚。血紅的冬日正在下沉，西邊的天空是一片暗金色和深紅色。筋疲力竭的雨燕飛回自己的窩裡，家家戶戶亮起了燈火。不時飄來一陣煙味，還有咖啡館背後烤肉坑裡小火烤著的豬肉發出的溫馨的濃郁香味。在鎮上轉了一圈之後，馬爾文·梅西來到阿梅莉亞小姐的地盤，看到了前廊上的招牌。然後，一點也不顧忌是否非法闖入私宅，他穿過側院來到後面。紡織廠傳來一聲細長寂寞的汽笛聲，上白班的工人下班了。很快，除了馬爾文·梅西，阿梅莉亞小姐的後院裡又多出了一些人——「捲毛」亨利·福特、梅里·瑞安、胖子麥克費爾，還有一些站在地界外面朝裡面張望的大人小孩。幾乎沒有人說話。馬爾文·梅西獨自站在烤肉坑的一邊，其他人則擠在另一邊。利蒙表哥站在一個離所有人都有一段距離的地方，他的眼睛一刻也沒有離開過馬爾文·梅西的臉。

「在監獄裡過得還不錯吧？」梅里·瑞安問完後「咯咯」地傻笑著。

馬爾文·梅西沒有回答。他從褲子屁股後面的口袋裡掏出一把大折疊刀，慢慢打開，把刀刃在褲襠那裡來回刮擦了幾下。梅里·瑞安突然不吭聲了，直接站到了胖子麥克費爾寬闊的脊背後面。

阿梅莉亞小姐直到天快黑才回到家。還離得老遠，大家就聽見了她車子啰嗒啰嗒的聲音，然後是關車門聲和一陣磕碰聲，好像她在把什麼東西拖上前面的臺階。太陽已經下山，空氣中彌漫著早冬黃昏藍色的霧靄。阿梅莉亞小姐從屋後的臺階上緩緩走下來，聚集在後院裡的人群安靜地等待著。這個世界上幾乎不存在敢和阿梅莉亞小姐作對的人，而她又對馬爾文・梅西恨之入骨。大家都在等著她發出怒吼，抓起某個傷人的物件，把他一口氣趕出小鎮。剛開始她並沒有看見馬爾文・梅西，她臉上的表情很放鬆，像是在做夢一樣，每當她從外面回到家裡，臉上會自然而然地流露出這樣的表情。

阿梅莉亞小姐一定是同時看見了馬爾文・梅西和利蒙表哥。她從一個看到另一個，不過，她驚愕的目光最終沒有定在那個從監獄放出來的浪蕩子身上。她，還有其他所有的人，都在看著利蒙表哥，而他的樣子也確實值得一看。

駝子站在烤肉坑的盡頭，灰白的臉被悶燒著的橡木柔和的火光照亮。利蒙表哥有種奇特的本領，只要他想討好誰，準會達到目的。他會一動不動地站著，只需稍微集中一下注意力，就可以扭動自己蒼白的大耳朵，快得和容易得讓人難以置信。每當他想從阿梅莉亞小姐那裡索取點什麼，總採用這個小把戲，這對她來說簡直是無法抵禦的。這時，站在那裡的駝子的耳朵在瘋狂地扭動，但是他並沒看著阿梅莉亞小姐。駝子帶著幾乎絕望的哀求對著馬爾文・梅西微笑。剛開始，馬爾文・梅西並沒有注意到他，當他最終瞟到了駝子，眼神裡卻沒有一絲欣賞。

「這個斷了脊梁骨的哪兒不舒服？」他問道，並朝著駝子粗魯地擺了擺拇指。

沒有人回答。利蒙表哥看見自己的把戲沒有奏效，便使出了新招數。他翻動眼皮，看起來就像眼窩裡困著兩隻灰色的蛾子，他用腳劃著地面，雙手在頭頂上揮舞，最後竟跳起了像是碎步舞的舞蹈。在冬季下午最後一抹暗淡的光線下，他看起來就像沼澤地裡的一頭小怪獸。

馬爾文・梅西是院子裡唯一一個無動於衷的。

「這個矮冬瓜在鬧彆扭吧？」他問道，看見大家都不回答，他上前一步，給了利蒙表哥太陽穴一巴掌。駝子踉蹌了一下，摔倒在地上。他坐起來，眼睛仍然看著馬爾文・梅西，使出全身的力氣，讓兩隻耳朵淒涼地最後扭動了一下。

所有人都轉過身來看著阿梅莉亞小姐，看她會採取什麼行動。這些年來，哪怕利蒙表哥的一根頭髮也沒人敢動一下，儘管很多人心裡癢癢的。如果有誰和駝子說話時聲音大了一點，阿梅莉亞小姐就會不准這個魯莽的傢伙賒帳，而且事情過去很久後還會找他的麻煩。所以假如阿梅莉亞小姐現在抄起後院陽臺上的斧頭，把馬爾文·梅西的腦袋一劈兩半，也沒有人會感到驚訝的。但是她並沒有這麼做。

有些時候阿梅莉亞小姐似乎會進入到一種恍惚狀態。通常大家都知道起因，也很理解。由於阿梅莉亞小姐醫術高明，她不會把沼澤地裡的樹根和其他沒有親自嘗試過的藥材碾碎，讓初次登門的病人直接服用。每當發明了一種新藥，她總是自己先嘗試一下。她會服下很大劑量的藥，在接下來的幾天裡一邊沉思，一邊在咖啡館和磚牆廁所之間來回走動。經常的，當一陣劇烈的絞痛突然而至，她會站立不動，握緊拳頭，一雙怪眼盯著地面。她在努力分辨服下的藥在對哪個器官起作用，最有可能治癒的病痛又是哪一種。現在她看著駝子和馬爾文·梅西，臉上的表情就是這樣的，像是在緊張地辨識體內的某個疼痛，儘管那天她並沒有服用新藥。

「這會給你一個教訓，斷了脊梁骨的東西。」馬爾文·梅西說。

亨利·梅西把軟軟耷在額頭前的有點花白的頭髮撩到腦後，緊張地乾咳了幾聲。胖子麥克費爾和梅里·瑞安兩人拖著腳步來回走，站在外面的兒童和黑人大氣都不敢出。馬爾文·梅西合上他一直在褲子上刮擦的折疊刀，肆無忌憚地看了看身邊的人，大搖大擺地走出了院子。烤肉坑裡的餘火漸漸變成像羽毛一樣輕的灰白色灰燼，天完全黑下來了。

以上就是馬爾文・梅西從監獄回到小鎮的情形。鎮上沒有一個人樂意見到他，包括瑪麗・黑爾太太，那個用愛和關懷把他撫養大的善良女人。這個老養母第一眼見到他時，手裡的平底鍋就掉到了地上，眼淚也隨即湧了出來。但是沒有什麼能讓馬爾文・梅西感到內疚。他坐在黑爾家後面的臺階上，懶洋洋地撥弄著手裡的吉他，晚飯做好後，他把家裡的孩子推到一邊，給自己盛上滿滿一大盤，儘管桌上的玉米餅和雞肉還不夠大家分的。吃完後，他在前面房間最暖和舒適的地方躺下，一覺睡到天亮，夢都不做一個。

那天晚上阿梅莉亞小姐的咖啡館沒有營業。她小心地鎖好門窗，沒人見到她和利蒙表哥，她房間裡的油燈亮了一宿。

馬爾文・梅西是帶著壞運氣回來的，一開始就是這樣，這並不出乎大家所料。第二天天氣突然悶熱起來。一大清早空氣就黏糊糊的，風裡帶著一股沼澤地裡的腐臭味，工廠發綠的蓄水池上方密布著嗡嗡叫的蚊子。天氣反常，比八月還要炎熱，這種天氣造成了極大的損失。因為幾乎全縣所有養豬的人家都學阿梅莉亞小姐，在一天前把豬殺了。這麼熱的天，做出來的香腸怎麼能久放？沒過幾天，到處都是緩慢腐爛的豬肉散發出來的氣味，還有因暴殄天物導致的沮喪氣氛。更糟糕的是，靠近分岔瀑公路的一個家庭在團聚時吃了烤豬肉，全家人都死了。很顯然他們吃了變質的豬肉——誰敢肯定其餘的豬肉是安全的？居民既捨不得豬肉的美味，又害怕吃了會死，真是左右為難。那是一段浪費且混亂的時間。

而所有這一切的罪魁禍首，馬爾文．梅西，卻毫無羞恥心。無論你走到哪兒都能見到他。別人上班的時候，他在紡織廠裡遊蕩，透過窗戶朝裡面張望。到了禮拜天，他穿上那件紅襯衫，帶著吉他招搖過市。他仍然很英俊——一頭棕髮，寬肩膀，嘴唇紅潤，但是他的邪惡早已家喻戶曉，英俊的相貌一點也幫不上他。然而，他邪惡的名聲不僅僅因為他犯下的罪行。沒有錯，他搶了三家加油站，在那之前曾經糟蹋了縣裡最溫柔善良的姑娘，還把這些事拿出來說笑。很多罪惡行徑都可以列在他的名下，不過除了這些罪行，他身上還帶有一種陰鷙的氣息，像氣味一樣黏在他身上。還有一件怪事——他從來不出汗，哪怕是在八月，這肯定是個值得深思的跡象。

現在鎮上的人覺得他比以前更加危險了，他在亞特蘭大蹲監獄的時候肯定學會了某種巫術，不然又怎麼解釋他對利蒙表哥的影響？自從駝子第一眼見到馬爾文．

梅西，就像被蠱惑了一樣。他每時每刻都想著跟在這個囚犯的身後，用各種蠢到家的把戲吸引他的注意力。而馬爾文不是對他惡狠狠的，就是根本沒有注意到他。有時駝子會放棄，坐在前廊的欄杆上，像一隻蜷縮在電話線上的病鳥，公開顯露自己的悲傷。

「這究竟是為什麼呀？」阿梅莉亞小姐會問他，灰色的鬥雞眼盯著他，拳頭攥得緊緊的。

「噢，馬爾文·梅西，」駝子呻吟了一聲，說出這個名字就足以打亂他嗚咽的節奏，他打起嗝來，「他去過亞特蘭大。」

阿梅莉亞小姐會搖搖頭，陰下臉來，臉上的肌肉有點僵硬。首先，她耐不下性子出門旅行，瞧不起那些在家裡坐不住，跑去亞特蘭大或去離家五十英里的地方看海的人。「去過亞特蘭大有什麼了不起的？」

「他蹲過監獄。」駝子說，痛苦的語調裡帶著渴望。

對於這樣的羨慕，你又怎樣與之爭辯？困惑的阿梅莉亞小姐都不知道自己在說什麼了。「在監獄裡待過，利蒙表哥？為什麼，出門走那麼一趟並不值得炫耀呀。」

在這幾週裡，所有人都在密切關注阿梅莉亞小姐的一舉一動。她心不在焉地四處走動，神情冷漠，彷彿又墜入到絞痛引起的恍惚狀態。出於某種原因，從馬爾文．梅西回來後的第二天起，她就脫下了工裝褲，每天穿著以前禮拜天、參加葬禮和上法庭才穿的紅裙子。過了幾週以後，她開始採取措施收拾殘局。不過她的努力很令人費解。如果看見利蒙表哥跟著馬爾文．梅西在鎮上到處轉讓她痛苦，她為什麼不一次把事情說清楚，告訴駝子如果他再和馬爾文．梅西來往，她就把他掃地出門？這麼做很簡單呀，利蒙表哥不得不屈服於她，否則他將像喪家犬一樣在世上遊蕩。但是阿梅莉亞小姐似乎喪失了意志力，她生平第一次在選擇行動方案時出現了猶豫。而且，像大多數猶豫不決的人一樣，她採取了最壞的行動——同時去做幾件相互矛盾的事情。

咖啡館每晚照常營業，而且，奇怪的是，每次馬爾文．梅西大搖大擺地走進來，屁股後面總跟著駝子，她沒有把他轟出去。她甚至免費給他酒喝，並對他極不自然地怪笑。與此同時，她在沼澤地裡給他設下致命的陷阱，他要是落下去必死無疑。她讓利蒙表哥邀請他來吃主日晚餐，然後想在他下樓梯的時候絆倒他。為了給利蒙表哥找樂子，她發動了一場大戰——筋疲力竭地跑到很遠的地方看各種表演；開車三十英里去參加野外文化講習活動；帶利蒙表哥去分岔瀑看遊行。總而言之，這段時間裡阿梅莉亞小姐心煩意亂。大多數人認為她在歧途上走得夠遠了，所有的人都在等著看結果。

天氣又轉涼了，寒冬降臨小鎮，沒等工廠裡最後一班工人下班，天就黑下來了。孩子穿著所有的衣服睡覺，女人撩起裙子的後襬，表情如癡如醉地靠著爐子烤火。下完雨後，地上的泥土凍成堅硬的冰轍，家家戶戶的窗戶裡閃爍著微弱的燈光。桃樹只剩下光禿禿的樹枝。黑暗、沉靜的冬夜裡，咖啡館是小鎮溫暖的中心，隔著四分之一英里就能看見咖啡館裡明亮的燈光。房間後面的大鐵爐燒得劈啪作響，爐身都燒紅了。阿梅莉亞小姐給窗戶裝上了紅窗簾，她還向一個路過的小販買了一大束紙做的玫瑰，看上去跟真花一樣。

但是，咖啡館在鎮民心中的地位不僅來自它的溫暖、裝潢和明亮的燈光。咖啡館之所以對這個小鎮如此珍貴，有其更深層的原因。這和本地人至今都沒有意識到的一種自豪感有關。為了理解這種全新的自豪感，就要牢記人的一生其實很卑賤。雖然每家工廠裡總是擠滿了人，然而絕大多數的家庭都存在溫飽問題。僅僅為了獲得生存所需，生活就會成為一場昏暗而漫長的掙扎。然而有一點很讓人想不透：所有有用的東西都有價格，只有用錢才買得到，世界就是按照這個規則運轉的。你想都不用想，就知道一捆棉花或一夸脫糖漿值多少錢。但是沒有人給生命標價，對我們來說，生命是免費獲得的，取走時也不會付你一分錢。它到底值多少錢？如果你看看周圍的人，有時候它好像不值幾個錢。常常，你流了很多汗，辛苦了老半天，卻不見有什麼起色，這時你心裡就會產生自己分文不值的感覺。

但是咖啡館帶給小鎮的新自豪感幾乎影響了所有的人，甚至連少年兒童也包括在內。因為你要是想進咖啡館裡坐坐，不必非得去吃頓晚餐或買杯酒。咖啡館裡有五分錢一瓶的冷飲。假如你連那也買不起，阿梅莉亞小姐還賣一種草莓汁飲料，一分錢一杯，粉色的，很甜。幾乎所有人，威林牧師除外，每個禮拜至少光顧咖啡館一次。小孩子喜歡睡在別人家裡，吃鄰居家的飯菜。這樣的場合下他們規規矩矩，有種自豪感。鎮上的人坐在咖啡館裡時也擁有相同的自豪感。他們把自己洗乾淨了才去阿梅莉亞小姐的小店，進門前先禮貌地在墊子上把鞋底擦乾淨。在那裡，至少有幾個鐘頭，那種在這個世上分文不值的苦澀感會減輕一點。

咖啡館對單身漢、不幸的人和肺癆患者尤其有幫助。在這裡不妨說一下，有理由懷疑利蒙表哥得了肺癆。他的灰眼睛亮得出奇，他固執、話多，還咳個不停，所有這些都是肺癆的症狀。此外，一般認為脊柱彎曲和肺癆有關係。可是只要一說到這個話題，阿梅莉亞小姐就會火冒三丈，她會憤然否認這些症狀，但同時她又會偷偷地用胸口熱敷貼、「止咳靈」這類東西醫治利蒙表哥。這個冬季駝子咳得更厲害了，甚至在大冷天也會出很多汗。不過這並不能阻止他跟蹤馬爾文·梅西。

每天一大早，駝子就離開自己的住所，去黑爾太太家後門口苦苦等待，因為馬爾文·梅西是個愛睡懶覺的傢伙。駝子會站在那裡小聲呼喚，聲音聽起來就像耐心蹲在蟻蛉住的小洞旁邊的小孩，他們一邊用掃帚上抽出來的乾草往洞裡捅，一邊悲哀地呼喚：「蟻蛉、蟻蛉——飛走吧。蟻蛉太太、蟻蛉太太，出來吧、出來吧。你們家著火啦，孩子都燒死啦。」每天早晨，駝子就用這樣的嗓音——既悲傷又誘惑、溫順——呼喚馬爾文·梅西的名字。馬爾文·梅西起身出門後，他會跟著他在鎮上到處晃，有時他們會一起去沼澤地，一待就是好幾個小時。

而阿梅莉亞小姐則還在做最糟糕的事情，也就是同時嘗試幾個不同的方案。利蒙表哥出門時，她不喊他回來，只是站在大路中間孤寂地張望，直到他消失不見。幾乎每一天的晚餐時分，馬爾文·梅西和駝子都會現身在咖啡館，坐在她的那張桌子旁用餐。阿梅莉亞小姐打開梨子蜜餞，桌上闊氣地擺放著火腿或雞肉，大碗的玉米粥和冬豌豆。確實，曾有一次阿梅莉亞小姐想毒死馬爾文·梅西，但是出了差錯，盤子搞混了，她自己拿到了有毒的那一盤。嘗到微微的苦味後，她立刻就明白了，那天她沒吃晚飯。她斜靠在椅子上，看著馬爾文．梅西，觸摸著自己的肌肉。

馬爾文．梅西每晚都來咖啡館，坐在屋子中央那張最好最大的桌子旁邊。利蒙表哥給他端來烈酒，他不付一分錢。馬爾文．梅西像趕走一隻沼澤地裡的蚊子一樣把駝子趕到一邊，他非但不感激駝子，如果駝子擋了他的道，他會隨手給駝子一巴掌，或說：「讓開，斷了脊梁骨的傢伙，當心我把你的頭髮全拔光了。」每當出現這樣的情況，阿梅莉亞小姐會從櫃檯後面走出來，非常慢地逼近馬爾文．梅西，她的拳頭握得緊緊的，紅裙子的下襬怪裡怪氣地吊在瘦骨嶙峋的膝蓋那裡。馬爾文．梅西也會握緊拳頭，他倆慢條斯理，意味深長地繞著對方轉圈。不過，儘管所有人都在屏住呼吸觀看，但什麼都沒有發生。決鬥的時機還沒有成熟。

這個冬天之所以被大家記住，至今還在被人談論，還有一個特殊的原因。這期間發生了一件大事。一月二號，小鎮的居民醒來後發現，他們的世界完全變樣了。天真的孩子看著窗外，不知道發生了什麼事，大哭起來。老人回憶往事，怎麼也想不起來這裡出現過類似的現象。因為夜裡下了場大雪。在午夜過後漆黑的那幾個小時裡，朦朧的雪花輕輕飄落下來。黎明時分，大地已被雪完全覆蓋了，這場奇異的大雪堵住了教堂紅寶石色的窗戶，家家戶戶的屋頂都變白了。大雪讓小鎮看起來憔悴、淒涼。工廠附近的兩室住房看起來髒兮兮、歪歪斜斜的，像是馬上就要倒塌似的，不知道為什麼，所有的東西都陰沉沉地萎縮了。但是雪本身有一種美，這裡只有極少數的人領略過。雪花並不是純白色的，像北方人描述的那樣，它含有柔和的藍色和銀色，天空則是微微泛亮的灰色。飄落的雪花讓人感到夢一般的寂靜——小鎮何時有過這樣的寧靜？

大家對下雪的反應各不相同。阿梅莉亞小姐看著窗外，若有所思地翹動著光腳的趾頭，攥緊了睡袍的領口。她在窗前站了一會兒，然後拉下百葉窗，把所有的窗戶都拴上。她把整幢房子關得嚴嚴實實，點燃油燈，面對著一碗玉米麵粥，枯著臉坐著。她這麼做並非因為害怕下雪，只是她還不能對這個新事件形成一個即刻的見解，除非她確切地知道自己對某件事的看法（一般情況下她都會有），她寧可不去想它。在她一生中這個縣從來沒有下過雪，她從來沒有想過下雪這件事。可是如果她接受了下雪這個事實，她不得不做出某個決定，而那些日子裡讓她分心的事情太多了。所以她在被油燈照亮的昏暗房間裡走來走去，假裝什麼都沒有發生。利蒙表哥則完全相反，他興奮得像發了瘋似的四處亂竄，阿梅莉亞小姐轉身給他擺放早飯時，他溜出了家門。

馬爾文・梅西則聲稱自己對下雪這件事再清楚不過了。他說他知道雪是什麼，在亞特蘭大時就看見過，那天他在鎮上走路的樣子，就像是擁有每一片雪花一樣。他譏笑那些小心翼翼走出家門捧起一把雪來舔的小孩子。滿臉怒容的威林牧師急匆匆地走在小路上，他在苦思冥想，想把這場大雪編進他禮拜天的布道中去。大多數人對於眼前的奇蹟既謙卑又喜悅，他們小聲說話，說「謝謝」和「請」的次數遠多於需要。當然，少數幾個性格懦弱的人情緒低落，喝得酩酊大醉——不過他們的人數很有限。對所有的人來說那是個特別的日子，很多人數了數錢包裡的錢，計畫晚上去咖啡館。

利蒙表哥一整天都跟在馬爾文・梅西的身後，支持他對雪的權威。他驚歎下雪和下雨不一樣，盯著天空裡像夢一樣輕輕飄落的雪花，直到看得頭暈眼花，站都站不穩了。看到他沐浴在馬爾文・梅西的光環下，一副得意洋洋的樣子，很多人對他喊道：「『哦呵』，坐在車輪上的蒼蠅說，『看我掀起的塵土有多大。』」[1]

1 出自伊索寓言，諷刺借助他人耀武揚威的人。（書中注釋為譯者注）

阿梅莉亞小姐本來沒打算供應晚餐。但六點鐘的時候，前廊上響起了腳步聲，她小心地打開大門。原來是「捲毛」亨利．福特，儘管沒有準備食物，她還是讓他在桌旁坐下，給他倒了一杯酒。其他的人也來了。這個傍晚有點淒冷、寒意刺骨，儘管不再下雪了，但從松樹林吹來的一陣陣風，把地上的細雪刮得滿天飛揚。利蒙表哥直到天黑才和馬爾文．梅西一起回來，拎著馬爾文．梅西的鐵皮箱和吉他。

「打算出門嗎？」阿梅莉亞小姐急切地問道。

馬爾文．梅西先在火爐跟前把自己烤暖和了，然後在自己的老位子上坐定，小心地削著一根小木棍。他用這根小木棍剔著牙齒，不時把木棍從嘴裡拿出來，看看棍子的尖部，在外套的袖子上擦一擦。他懶得回答。

駝子看著櫃檯後面的阿梅莉亞小姐。他似乎很自信，臉上沒有一絲懇求的意思。他把雙手背在身後，自負地豎著耳朵。他臉上泛著潮紅，眼睛發亮，他的衣服已經溼透了。「馬爾文．梅西要跟我們住上一陣子。」他說。

阿梅莉亞小姐沒有抗議。她只是從櫃檯後面走出來，在爐子跟前徘徊著，好像這條消息突然讓她全身發寒。她烤身體後面時，不像大多數婦女在公共場合那樣注意分寸，僅把裙子稍微往上提一兩英寸。阿梅莉亞小姐不知道含蓄是什麼，她經常像是忘記了房間裡還有男人。此刻她站在那裡烤火，紅裙子撩得老高，誰要是有興趣看，就能看到她壯實多毛的大腿。她的頭轉向一側，一直在那裡自言自語，點頭，皺眉頭。儘管她的話聽不太清楚，但聲音裡帶著責備和譴責的語氣。與此同時，駝子和馬爾文・梅西已經上樓了，去了放著蒲葦和兩臺縫紉機的客廳，去了阿梅莉亞小姐住了一輩子的私密房間。在樓下的咖啡館裡你就能聽見他們在樓上弄出的磕碰聲，打開行李箱，讓馬爾文・梅西安頓下來。

馬爾文・梅西就是以這樣的方式住進了阿梅莉亞小姐的家。剛開始，利蒙表哥把他的房間讓給了馬爾文・梅西，自己睡客廳的沙發。但是那場大雪對他的身體影響很大，他感冒了，後來又轉成冬季扁桃腺炎，阿梅莉亞小姐只好把她的床讓給他睡。客廳裡的沙發對她來說實在太短了，她的兩隻腳都伸出了沙發，還經常從沙發上滾到地上。或許是睡眠不足模糊了她的頭腦，她所做的每一件用來對付馬爾文・梅西的事情都反彈到自己身上。她落入自己設下的圈套裡，發現自己經常處在可憐兮兮的處境裡。儘管這樣，她仍沒有把馬爾文・梅西趕走，因為她害怕自己孤零零地留下。一旦你習慣了和別人一起生活，重新獨自一人過日子會是一種巨大的折磨。時鐘的滴答聲突然停止後，燃燒著爐火的房間裡的那種寂靜、空房間裡令人惶恐的影子——接受你的宿敵遠比面對獨自生活的恐懼要好得多。

雪沒能停留多久。太陽出來了，不到兩天，小鎮就又恢復了原來的樣子。阿梅莉亞小姐等到每一片雪都融化了，才打開大門。她做了一次大掃除，把所有東西都搬出來曬太陽。不過在那之前，她重新去院子裡所做的第一件事，就是在那棵棟樹最大的樹杈上拴了一根繩子。在繩端綁了一個橘黃色的痲袋，裡面塞滿了沙子。這是她為自己做的拳擊沙袋，從那天起她每天早晨都去院子裡擊打它。她已經是一個優秀的格鬥手——雖然腳步略微有點遲滯，但精通各種靈巧的擒抱和擠壓手法，足以彌補那方面的不足。

如前所述，阿梅莉亞小姐身高六英尺二英寸。馬爾文．梅西要比她矮一英寸。兩人體重相當，都接近一百六十磅。馬爾文．梅西占著動作靈活的優勢，胸部也比她結實。實際上從外表看，他的勝算要高一些。然而幾乎鎮上所有人都賭阿梅莉亞小姐會贏，幾乎沒有人會把錢押在馬爾文．梅西身上。鎮上的人還記得阿梅莉亞小姐和分岔瀑那個企圖欺騙她的律師之間的那場惡戰。那位律師高大魁梧，可是等到他和阿梅莉亞小姐打完了，他只剩下一口氣了。而且不僅僅是她的拳擊才能給人留下了深刻的印象，她還能借助可怕的表情和凶狠的喊叫讓敵人亂了方寸，有時連旁觀者都會被她嚇到。她很勇敢，堅持用沙袋練習，這一次她顯然會取勝。所以大家對她充滿信心，他們在等待。當然，沒有人給這場決鬥定下日期，只是這些跡象太明顯了，誰都看得出來。

在此期間，駝子走起路來總是趾高氣揚的，一張小臉開心得擠成了一團。他用很多巧妙的小動作挑撥他們。為了引起馬爾文．梅西的注意，駝子不停地拉扯他的褲腿。有時他走在阿梅莉亞小姐身後，不過和過去不同，現在他只是為了模仿她笨拙的大步子，他做出鬥雞眼，模仿她的姿勢，讓她顯得像怪物。他的所作所為太傷天害理了，連咖啡館裡像梅里．瑞安那樣愚蠢的顧客也沒有被他逗笑。只有馬爾文．梅西揚起左邊的嘴角，咯咯乾笑幾聲。每當發生這樣的事情，阿梅莉亞小姐會被兩種情緒拉扯。她會用一種迷茫而淒涼的責備眼神看著駝子，然後咬牙切齒地轉向馬爾文．梅西。

「笑破你的肚皮！」她會惡狠狠地說。

而這時的馬爾文．梅西很有可能會從椅子旁邊的地上拿起吉他。由於他的嘴裡總含著太多的唾液，他的嗓音聽起來溼漉漉而黏糊糊的。歌聲像鰻魚一樣從他嗓子裡慢慢滑出來。他強壯的手指靈巧地撥動著琴弦，唱的每首曲子都既充滿誘惑又使人惱怒。這往往超出了阿梅莉亞小姐的容忍度。

「笑破你的肚皮！」她會重複道，這回是在叫喊。

但是馬爾文．梅西總用一個現成的答覆回應她。他會捂住琴弦，止住顫動的餘音，帶著傲慢的神情，不慌不忙地回答道：

「你罵我的每一句話都反彈到你自己身上。哈哈哈哈！」

阿梅莉亞小姐只得束手無策地站著，因為還沒有人發明一種解這個套的方法。她不能對他叫罵，因為那些髒話會彈回到自己身上。他占了她的便宜，而她卻束手無策。

日子就這樣繼續著。沒有人知道那三個人夜裡在樓上房間裡都幹些什麼。不過每天晚上光顧咖啡館的人倒是越來越多了，為此不得不添置了一張桌子。就連那個在沼澤地裡隱居多年、名叫雷納．史密斯的瘋子也聽到了什麼，一天晚上他從沼澤地裡跑出來，透過窗戶，看著明亮咖啡館裡的人群出神。每晚的高潮必定出現在阿梅莉亞小姐和馬爾文．梅西握緊拳頭，擺好進攻架勢，眼睛瞪著對方的那一刻。通常，這樣的對峙並不是由某個特別的爭吵引起的，而是就那樣很詭祕地發生了，借助於他們的某種本能吧。在這樣的時刻，咖啡館會變得非常安靜，你可以聽見那束紙玫瑰在微風中的瑟瑟聲。每天晚上他們對峙的時間都要比前一個晚上長一點。

決鬥發生在土撥鼠節[2]，那是二月的第二天。天氣很理想，既沒有下雨也沒有出太陽，氣溫適中。好幾種跡象表明這是指定的那一天，到了十點鐘，消息就傳遍了全縣。一大早，阿梅莉亞小姐出去把練拳擊的沙袋割了下來。馬爾文．梅西坐在屋後的臺階上，兩個膝蓋間夾著一個裝著豬油的鐵皮罐，仔細地往腿和手臂上抹豬油。一隻胸脯血紅的老鷹飛過小鎮，在阿梅莉亞小姐房子的上方盤旋了兩圈。咖啡館裡的桌椅被搬到後廊上，這樣整個大房間都為決鬥騰了出來。還有各種其他的跡象。阿梅莉亞小姐和馬爾文．梅西午餐都吃了四份半生的烤肉，然後躺了一下午來儲存力量。馬爾文．梅西在樓上的大房間裡休息，而阿梅莉亞小姐則在她辦公室的那張長凳上躺平了。從她僵硬發白的臉上可以看出，對她來說，一動不動地躺著什

2 每年的二月二日是美國傳統的土撥鼠日。根據傳說，在這一天冬眠的土撥鼠會醒過來，從洞裡出來預測春天。如果土撥鼠能看到自己的影子，就回洞裡繼續睡覺，因為春天還要再等一個半月才能到來。如果牠看不到自己的影子，即代表春天不久就會來臨。

麼都不做有多折磨人，但是她仍然像一具屍體一樣安靜地躺在那裡，閉著眼睛，雙手交疊著放在胸前。

利蒙表哥的這一天過得焦躁不安，他的小臉因興奮而拉長了，繃得緊緊的。他給自己弄了一份中飯，帶著中飯出門去找土撥鼠。不到一小時就回來了，中飯已經吃完了，說土撥鼠看到自己的影子了，往後將會有壞天氣。後來，由於阿梅莉亞小姐和馬爾文．梅西都在養精蓄銳，只剩下了他自己，他突然心血來潮，想去把前廊油漆一遍。這幢房子已有多年沒有油漆了，實際上，天曉得它以前是否油漆過。利蒙表哥一陣忙碌，他很快就把前廊的地板漆成了鮮亮的淺綠色。刷油漆是粗活，他沾了一身的油漆。如同他平時一貫的做法，沒把地板漆完，他就去漆牆，一直漆到他搆得到的高度，然後他站在一個大木箱上，又往上漆了一英尺。油漆用完後，地板的右邊是鮮綠色的，牆上的油漆高低不平，利蒙表哥就丟下不管了。

他對自己油漆工的滿意裡面，透著一點孩子氣。說到這裡，不得不提到一件奇怪的事情。包括阿梅莉亞小姐在內，鎮上沒有一個人知道駝子的年紀到底有多大。有人堅持說他來到鎮上的時候大約十二歲，還是個小孩子。其他人則堅信他早就超過四十歲了。他的眼睛是藍色的，像孩童一樣平靜，但藍眼睛下方皺起的淡紫色陰影卻暗示著年歲。你根本無法從他拱起的畸形身軀上判斷他的年齡。就連他的牙齒也沒有透露半點線索——它們都還在嘴裡長著（因為咬核桃，斷掉兩顆），但是他吃了太多甜食，牙齒全都發黃了，你無法確定這些牙齒是老年人的還是年輕人的。當被直接問到年齡時，駝子聲稱他一點也不知道——他不知道自己在世上活了多久，十年還是一百年！所以他的年齡始終是個謎。

利蒙表哥在下午五點半結束了他的油漆工作。天氣變冷了一點，空氣中有種潮溼的味道。風從松樹林刮過來，窗戶咯咯作響，一張舊報紙被風吹得在路上打滾，直到被一棵帶尖刺的樹勾住。大家從鄉下趕來，孩子們的腦袋像刺一樣從裝滿人的汽車裡伸出來；拉車的老騾子像是在厭倦、辛酸地笑著，疲憊的眼睛半睜半閉，慢吞吞地朝前走著。從社會市來了三個小男孩。他們都穿著同樣的人造纖維黃襯衫，帽子反著戴在頭上。他們簡直就像是三胞胎，不管是在鬥雞場還是野營的地方，都能見到他們的身影。六點鐘，工廠拉響了下班的汽笛，人都到齊了。不用說，新來的人裡面會有一些諸如地痞流氓和身分不明的人，儘管這樣，人群還是非常安靜。小鎮被一種寂靜籠罩著，漸淡的光線下，人們的面孔看起來很陌生。黑暗輕輕地襲來，有那麼一陣，天空是清朗的淡黃色，襯托出教堂角樓陰暗清晰的輪廓，隨後，天空中的光亮漸漸消退，黑暗聚攏，形成了黑夜。

「七」是一個大家都喜歡的數字，而阿梅莉亞小姐尤其喜歡它。咽七口唾沫治打嗝，繞蓄水池跑七圈治療落枕，七滴「阿梅莉亞神奇驅蟲劑」可以打掉肚子裡的蛔蟲。她的治療方法幾乎都和這個數字有關。這是一個融合了各種可能性的數字，所有對神祕事件和魔法巫術感興趣的人都很重視它。所以決鬥將於七點開始。大家都知道這一點，並不是有誰宣布或提起過，而是一種心照不宣，就像知道下雨或沼澤地裡的怪味是怎麼回事一樣。所以七點之前，所有人都表情嚴肅地聚集在阿梅莉亞小姐房子的周圍。最聰明的人進到咖啡館裡面，沿著牆根站成一排。其餘的人則擠在前廊上或在院子裡找個地方站著。

阿梅莉亞小姐和馬爾文·梅西還沒露面。在辦公室的長凳上休息了一個下午之後，阿梅莉亞小姐上樓去了。再看利蒙表哥，他就在你的眼皮底下轉來轉去，在人群中穿梭，神經質地打著響指，眨巴著眼睛。六點五十九分，他擠進咖啡館，爬到櫃檯上。所有的人都默不作聲。

肯定是在之前做了安排。因為七點的鐘聲一敲響，阿梅莉亞小姐就出現在樓梯口。同一時刻馬爾文·梅西也出現在咖啡館的大門口，人群默默地為他讓出一條路。他們不快不慢地朝對方走去，他們的拳頭已經握緊，眼神像是在夢遊的人。阿梅莉亞小姐脫掉了紅裙子，換回了工裝褲，並把褲腿一直捲到膝蓋處。她赤著腳，右手腕上戴著一個鐵皮護腕。馬爾文．梅西也捲起了褲腿，他光著上身，身上塗了厚厚的一層油，腳上穿著出獄時發給他的大皮鞋。胖子麥克費爾從人群中走出來，用右手掌拍了拍他們的屁股口袋，確定雙方都沒有暗藏小刀。隨後，燈火通明的咖啡館被空出來的中央地帶就剩下他們倆了。

沒有人發信號，但兩個人同時出擊。兩人的拳頭都落在了對方的下巴上，阿梅莉亞小姐和馬爾文．梅西的頭都不由得猛然後仰了一下，兩個人都有點踉蹌。打出第一拳後，有那麼幾秒鐘的時間，他們只在地板上移動腳步，變換位置，虛晃一拳打探對方的虛實。接下來，像兩隻野貓一樣，他們突然扭做一團。擊打聲、喘息聲和跺腳聲混做一團。他們的動作快得讓人看不清楚到底發生了什麼。不過有一次阿梅莉亞小姐被甩了出去，她倒退了幾步，踉踉蹌蹌，差點摔倒了；另一次馬爾文．梅西肩膀上挨了一拳，身體像陀螺一樣旋轉起來。這場惡鬥就這樣凶猛地進行著，雙方都沒有落敗的跡象。

在一場勢均力敵的搏鬥中，值得把注意力從混戰中轉移到觀眾的身上。圍觀者盡量把後背貼緊牆壁。胖子麥克費爾站在一個角落裡，身體前傾，雙膝微微彎曲，握緊拳頭在助威，他嗓子裡發出一種很奇怪的聲音。可憐的梅里．瑞安嘴巴張得太大，一隻蒼蠅飛了進去，沒等梅里意識到就已經咽了下去。還有利蒙表哥——他真值得一看。駝子仍然站在櫃檯上，所以他站得比咖啡館裡所有的人都高。他的兩隻手搭在屁股上，大腦袋向前伸，兩條小細腿彎著，因此膝蓋向前凸出。他激動得忘乎所以地喊叫著，蒼白的嘴唇在顫抖。

搏鬥進行了大約半個小時，局勢才有了變化。雙方已經你來我往地揮出了上百拳，仍然分不出高低。這時，馬爾文．梅西突然抓住了阿梅莉亞小姐的左手臂，並把這條手臂扭到了她的背後。她使勁掙脫，一把抱住了他的腰，真正的搏鬥開始了。在這個縣裡，摔跤是一種自然而然的搏鬥方式，拳擊畢竟動作太快了，而且需要思考和集中注意力。現在阿梅莉亞小姐和馬爾文扭成了一團，觀眾也從眩暈中清醒過來，並往前靠近了一點。有那麼一陣，搏鬥雙方肌肉貼著肌肉，胯骨抵著胯骨。一會兒往前，一會兒退後，一會兒向左，一會兒向右，就這樣掄過來甩過去。馬爾文．梅西還是不出汗，而阿梅莉亞小姐的工裝褲已經溼透了，汗水多得順著她的腿往下流，地板上到處是她的溼腳印。現在，考驗的時刻來臨了，在這個嚴峻的關頭，阿梅莉亞小姐是比較強壯的一方。馬爾文·梅西身上抹了油，滑溜溜的，不容易抓牢，但是她的力氣更大一些。漸漸地，她把他向後扳，一英寸一英寸地迫使他貼近地板。這情景真讓人看得心驚膽戰，他們粗重的喘息聲是咖啡館裡唯一的聲音。最終她扳倒了他，翻身騎在他身上，兩隻強壯的大手卡住了他的脖子。

但是就在這一刻，就在這場搏鬥眼看就要分出勝負的時候，咖啡館裡響起了一聲刺耳的尖叫聲，聽得觀眾身上打起了一陣寒顫，寒意順著脊椎往下走。當時到底發生了什麼，至今仍然是謎。全鎮的人都見證了當時發生的事情，但是他們都懷疑自己親眼看到的。因為利蒙表哥站的櫃檯距離咖啡館中央的格鬥者至少有十二英尺，然而就在阿梅莉亞小姐卡住馬爾文·梅西脖子的那一瞬間，駝子向前一躍，像是長了一雙鷹翅一樣從空中飛過。他落在阿梅莉亞小姐寬闊結實的後背上，用他彎曲的小指頭緊緊掐住她的脖子。

這之後是一片混亂。沒等人群回過神來，阿梅莉亞小姐已被擊倒。由於駝子，馬爾文·梅西贏得了這場決鬥，到頭來，阿梅莉亞小姐仰天躺倒在地板上，手臂攤開，一動不動。馬爾文·梅西俯視著她，他的眼睛有點往外突，不過臉上仍然掛著平時那副半張半合的微笑。至於駝子，他突然消失不見了。或許他被自己的所作所為嚇著了，也或許他太開心了，想要獨自慶祝一番。不管怎麼說，他悄悄溜出咖啡館，鑽到後面的臺階底下去了。有人往阿梅莉亞小姐臉上潑了冷水，過了一陣，她慢慢站起來，歪歪倒倒地走進她的辦公室。透過打開的門，可以看見她把頭埋在臂彎裡，上氣不接下氣地抽泣起來。有一次，她握緊右拳在辦公桌上敲了三下，隨後無力地鬆開拳頭，手掌向上攤放在桌子上，一動也不動。胖子麥克費爾上前關上了辦公室的門。

人群很安靜，大家一個接一個地離開了咖啡館。騾子被叫醒，韁繩也鬆開了，汽車發動起來，社會市的三個男孩去別的地方閒逛去了。這不是一場可以在事後回顧和談論的搏鬥，大家回到家裡，把被子往上一拉，蒙住自己的頭。除了阿梅莉亞小姐的住處，小鎮一片漆黑，而她那裡的每個房間都亮著燈，通宵達旦。

馬爾文．梅西和駝子肯定是在天亮前一小時左右離開小鎮的。離開之前，他們做了下列的事情：

他們打開藏珍寶的櫃子，拿走了裡面所有的東西。

他們砸壞了那架自動演奏鋼琴。

他們在咖啡館的桌子上刻了許多汙言穢語。

他們找到那塊後蓋可以打開、裡面畫著瀑布的金錶，把它也拿走了。

他們往廚房地板上倒了一加侖的糖漿，把裝著蜜餞的瓶子也打碎了。

他們去了沼澤地，把釀酒廠砸了個稀巴爛，搗毀了新買的冷凝器和冷卻器，又放火燒掉了酒廠的棚子。

他們做了一盤阿梅莉亞小姐最愛吃的加了香腸的玉米糊，往裡面放了足以毒死全縣人的毒藥，並把盤子誘人地放在咖啡館的櫃檯上。

他們做了所有想得出來的破壞勾當，但沒有闖進阿梅莉亞小姐在裡面過夜的辦公室。這之後他們一起離去了，這兩個傢伙。

阿梅莉亞小姐就這樣被孤零零地遺棄在了小鎮上。要是知道怎樣能夠幫助她，大家會這麼做的，因為這個鎮上的人只要有機會，多半會表現出善意。幾個家庭主婦帶著掃帚，探頭探腦地跑過來，表示願意幫忙收拾殘局。但是阿梅莉亞小姐僅僅用失神的鬥雞眼看著她們，搖搖頭。胖子麥克費爾在出事後的第三天來買一小捆奎妮菸葉，阿梅莉亞小姐說一捆一塊錢。突然，咖啡館裡所有東西的價格都漲到了一塊錢。這是什麼樣的咖啡館？而且，作為醫生，她的行為也變得很古怪。過去那麼多年裡，她比奇霍的那位醫生受歡迎得多。她從來沒有折磨過病人，讓他們戒掉菸酒之類的生活中不可缺少的東西。難得有那麼一次，她或許會謹慎地告誡她的病人，不要吃油炸西瓜或類似的本來就沒人願意吃的食物。現在所有這些睿智的醫道全都不見了。她毫不客氣地告訴一半的病人他們會死掉，對剩下的一半則建議一些不著邊際、折磨人的療法，任何腦筋正常的人根本就不會予以考慮。

阿梅莉亞小姐任由自己的頭髮雜亂生長、變白。她的臉也變長了，身上發達的肌肉萎縮了，直到像一個發瘋的老處女一樣乾瘦。那對灰色的眼珠一天比一天靠得更近了，像是在相互尋找，彼此交換憂傷的眼神和孤寂的慰藉。她說出的話也很不中聽，尖酸到不行。

只要有人提起駝子，她就會說上這麼一句：「哼！要是他落到我手上，我會把他的五臟六腑全掏出來餵貓！」倒不是那些話有多可怕，而是她說那些話的聲音。她的聲音失去了原有的活力，過去她提到「我嫁的那個織機維修工」和其他仇敵時的那種復仇聲調不見了。她的聲音斷續無力，像教堂裡漏了風的風琴一樣令人喪氣。

三年裡，每天晚上她都獨自一人坐在屋前的臺階上，沉默無語地眺望著那條大路，等待著。但是駝子沒有回來。有謠言說馬爾文．梅西利用他翻窗盜竊，還有謠言說馬爾文·梅西把他賣給了雜耍班子。不過這兩則謠言都來自梅里·瑞安。他的話沒一句是真的。到了第四年，阿梅莉亞小姐雇了一個奇霍的木匠，讓他用木板把門窗釘上，從那時起她再也沒有離開過那些門窗緊閉的房間。

是的，小鎮很沉悶。八月的下午，空蕩蕩的大路被塵土染成了白色，頭頂上的天空像玻璃一樣耀眼。沒有一樣東西在移動，聽不見孩童的聲音，只有紡織廠傳來的嗡嗡聲。每過一個夏天，桃樹似乎都比上一年扭曲得更加厲害了一些，樹葉灰得發暗，生了病似的耷拉著。阿梅莉亞小姐的住房向右嚴重傾斜，徹底倒塌只是時間的問題，鎮上的人都小心地繞開那座院子走。鎮上買不到好酒，最近的釀酒廠離這裡有八英里的路程，而喝了這些烈酒的人肝上長出了花生米大小的肉瘤，還會做讓他們內心恐懼的噩夢。小鎮上絕對找不到一件可以做的事情。繞著蓄水池走幾圈，停下來朝一根腐爛的樹樁踢上兩腳，想想能拿教堂路邊的一個舊車輪做些什麼。與其這樣無聊，你還不如去分岔瀑公路聽被鐵鍊鎖在一起的囚犯唱歌。

十二個死囚犯

分岔瀑公路距離小鎮三英里，被鐵鍊鎖在一起的囚犯一直在這裡工作。這是一條碎石子路，縣政府決定把坑坑巴巴的路面修補平整，並把幾處危險地段拓寬一些。苦役隊由十二個男人組成，都穿著帶黑白條紋的囚服，腳踝被鐵鍊鎖住。有一個帶槍的警衛，他的眼睛因強烈的日光而瞇成了兩條紅色的細縫。苦役隊從早幹到晚，天一亮就擠在監獄的囚車裡被送過來，又在八月灰濛濛的暮色中被囚車載回監獄。一整天都有鐵鎬掘地的聲音，還有當頭的烈日和汗臭味。每天都會有歌聲。一個深沉的嗓音會起個頭，只唱半句歌詞，像是在提問。過了一會兒，另一個聲音會加進來，很快整個苦役隊都唱了起來。金色陽光下的樂聲是深色的，繁複地糅合在一起，既憂鬱又歡快。歌聲在不斷膨脹，直到這歌聲彷彿不是發自這十二個男人，而是發自大地本身或遼闊的天空。這是一種讓人心胸開闊的樂曲，聽眾因狂喜和恐懼而全身發涼。隨後，慢慢地，歌聲會逐漸減弱，直到只剩下一個孤獨的嗓音，接下來是一聲沉重沙啞的喘息聲，還有酷熱的太陽和寂靜中的鐵鎬聲。

什麼樣的苦役隊能唱出這樣的歌聲？只不過是十二個死囚犯，本縣的七個黑人和五個白人青年。只不過是十二個待在一起的死囚犯。

神童

她走進客廳，裝樂譜的書包磕碰著她穿著冬季厚襪子的小腿，另一隻手因抱了教科書而往下墜，她站住腳，傾聽著教室裡傳出的聲音。一串輕柔的鋼琴和弦與小提琴的調音聲。這時，比爾德巴赫先生用他厚重而帶喉音的嗓音朝她喊道：

「是你嗎，小蜜蜂？」

脫手套的時候，她看見自己的手指仍然按照早晨練習過的賦格曲在抽搐。「是的，」她回答道，「是我。」

「我是。」那個聲音糾正道，「等一下。」

她能聽見萊夫科維茨先生的說話聲——他說出的單字像光滑而模糊的嗡嗡聲。比起比爾德巴赫先生，她覺得，他的嗓音幾乎像是女人的嗓音。她有點心神不定，注意力無法集中。她隨手翻了翻帶來的幾何課本和*Le Voyage de Monsieur Perrichon*[1]，然後把書放到了桌子上。她在沙發上坐下，把樂譜從書包裡拿出來。她再次看見自己的手——手指上顫抖的筋脈，紅腫的指尖上纏著捲曲而骯髒的膠布。這個景象加深了過去幾個月裡折磨著她的恐懼。

她不出聲地嘀咕了幾句來鼓勵自己。上好這堂課——上好這堂課——就像從前那樣。教室地板上響起了比爾德巴赫先生冷漠的腳步聲，房門「嘎吱」一聲打開了，她閉上了嘴巴。

有那麼一陣，她有一種奇特的感覺，在她十五年人生的大部分時間裡，她一直在寂靜中觀察從門後探出來的那張臉和肩膀，而那種寂靜僅被微弱且單調的撥動小提琴琴弦的聲音所打斷。比爾德巴赫先生，她的老師，比爾德巴赫先生。牛角邊框眼鏡後面一雙靈活的眼睛；淡而稀疏的頭髮和其下方一張窄長的臉；飽滿的嘴唇輕輕抿在一起，下嘴唇是粉色的，被牙齒咬得發亮；太陽穴處交叉的血管明顯地跳動著，隔著房間就能看見。

1 法語，《佩里松先生的旅行》，一部法國少年兒童文學作品。

「你是不是稍微早到了一點？」他問道，瞟了一眼壁爐上方、一個月前就停在十一點五十五分的掛鐘。「約瑟夫在這裡。我們正在排練他認識的一個人寫的小奏鳴曲。」

「好啊，」她想擠出點笑容，「我聽聽。」她能設想自己的手指無力地陷入一排模糊的琴鍵裡。她覺得很累，覺得要是他再多看她一會兒，她的手就可能會顫抖起來。

他猶豫不決地站在房間中間，使勁咬住自己發亮腫脹的嘴唇。「餓不餓，小蜜蜂？」他問道，「安娜做了蘋果蛋糕，還有牛奶。」

「我上完課再吃吧，」她說，「謝謝。」

「上完一堂精彩的課之後，是吧？」他的笑容似乎從嘴角那兒消失了。

他身後的教室裡傳來一聲響動，萊夫科維茨先生推開另一扇門，站在了他的身旁。

「弗朗西絲？」萊夫科維茨先生微笑著說，「曲子練得怎樣了？」

萊夫科維茨先生總讓她覺得自己臃腫和發育過早，然而他並非有意這樣。他身材瘦小，沒有拿著小提琴的時候總顯得有點無精打采。他那平板猶太人面孔上的眉毛向上拱起，像是在提問，眼皮卻倦怠冷漠地垂著。今天他似乎有點心不在焉。她看著他漫無目的地走進客廳，僵直的手指握住鑲嵌著珍珠的琴弓，在一大塊松香上不快不慢地擦著琴弓上的白色馬鬃。他的眼睛瞇成兩條明亮犀利的細縫，從領口垂落的亞麻布手絹把眼底的陰影襯托得更深了。

「我猜你最近很有進步。」萊夫科維茨先生微笑著說道，儘管她還沒有回答他的上一個問題。

她看著比爾德巴赫先生。他轉過身去，厚實的肩膀把門推得更開了。午後穿過教室窗戶的陽光在落有灰塵的客廳裡投下黃色的光柱。她能看見老師身後那架低矮的長鋼琴、窗戶和布拉姆斯的半身塑像。

「沒有，」她對萊夫科維茨先生說，「我彈得很糟糕。」她纖細的手指翻動著樂譜。「不知道怎麼搞的。」她說，眼睛看著比爾德巴赫先生彎曲著的健壯後背，那個後背僵在那裡，在聽。

萊夫科維茨先生微笑著說道：「有時候會這樣，要我說的話，一個人——」

教室裡響起一個急促的和弦。「你看我們要不要趕緊把這個排練完了？」比爾德巴赫先生問道。

「馬上就來。」萊夫科維茨先生說，朝教室門走去前他又擦了一下琴弓。她能看見他從鋼琴上拿起小提琴。看見她在看他，他放下樂器，說：「你看到海梅的照片了吧？」

她的手指在書包的尖角處收緊了：「什麼照片？」

「海梅《音樂信使》裡的照片，就在桌子上放著呢。在內封上。」

小奏鳴曲開始了。儘管簡單，卻不怎麼協調。空洞，但有一種鮮明的風格。她找到那本雜誌，翻開來。

海梅就在那裡——左邊的角落上。他托著小提琴，手指勾住琴弦在撥奏。深色的嗶嘰燈籠褲在膝蓋下方整齊地束住，上身穿毛衣，衣領翻開。一張很糟糕的照片。儘管是一張側面照，他的眼睛卻扭向了攝影者，而他的手指看起來像是會撥錯弦。他似乎因轉向攝影器材而感到彆扭。他更瘦了，肚子不再凸出來，不過，過去的半年裡他的變化並不大。

海梅．伊斯拉埃爾斯基，才華橫溢的年輕小提琴家，照片攝於老師位於河濱路的音樂室。即將十五歲的年輕大師伊斯拉埃爾斯基已受邀演奏貝多芬的協奏曲，與——

那天早晨，她從六點開始練琴，一直練到八點，這之後她爸爸逼著她和家人一起吃早飯。她討厭早飯，吃了會不舒服。她寧可餓著，用她的兩毛午餐錢買四根巧克力棒，上課的時候從口袋裡掏出一小塊，用手帕作掩護，放進嘴裡慢慢咀嚼，錫紙發出嘩啦聲時立刻停下來。但是今天早晨她爸爸在她盤子裡放了一個煎蛋，而她知道如果煎蛋破了，黏糊的蛋黃流到蛋白上的話，她會哭的。結果還真的發生了。現在她又有了那樣的感覺。她小心翼翼地把雜誌放回桌上，閉上了眼睛。

教室裡的音樂似乎在強烈而又笨拙地訴求著某個無法得到的東西。過了一會兒，她的思緒從海梅、音樂會和那張照片上游離開來，再次縈繞在將要上的鋼琴課上。她在沙發上移動位置，直到能看清楚教室裡面——兩人在演奏，眼睛瞟著放在鋼琴上的樂譜，貪婪地汲取著樂譜上所有的東西。

她忘不了比爾德巴赫先生剛才看著她時的表情。蓋住瘦骨嶙峋的膝蓋的兩隻手仍然下意識地隨著那首賦格曲的旋律在抽搐。太累了，她真的太累了。還有一種眩暈和不斷下沉的感覺，每當她練習過度，晚上入眠前常有這種感覺。就像那些疲憊的半醒著的夢，在她耳邊嗡嗡作響，把她捲入一個不停旋轉的空間。

神童——神童——神童。帶著厚重德國發音的音節滾滾而出，震得她兩耳轟鳴，隨後減弱成一串細語。同時還有許多盤旋著的面孔。有的腫脹得變了形，有的縮成灰白的一小團——比爾德巴赫先生、比爾德巴赫太太、海梅、萊夫科維茨先生。一圈又一圈，圍繞著帶喉音的「神童」這個單詞旋轉。比爾德巴赫先生赫然出現在圓圈的中央，一副敦促的表情，其他人則圍繞著他旋轉。

瘋狂的樂句此起彼伏。她一直在練習的音符像一小把從樓梯上滾落的玻璃珠，在互相碰撞。巴哈、德布西、普羅科菲耶夫、布拉姆斯——與她疲憊身體上跟不上步調的脈搏以及那個嗡嗡作響的圓圈古怪地合上了拍子。

有時候，要是練琴不超過三個小時，或沒去上學，她做的夢就不會那麼混亂。音樂在腦子裡清晰地飛揚，一些短暫精準的記憶碎片會重新出現，清晰得就像那張娘娘腔的《純真年代》的照片，那是他倆聯合演奏會結束後海梅送給她的。

神童——神童。十二歲的她第一次去他那裡的時候，比爾德巴赫先生曾這樣叫她。比她大的學生也跟著這麼叫她。

不過他從來沒有當面這麼叫她。「小蜜蜂——」（她有一個很普通的美國名字，但是他從來不用，除非她犯了特別大的錯誤。）「小蜜蜂，」他會說，「我知道這肯定很難受。一天到晚頂著個糊裡糊塗的大腦袋。可憐的小蜜蜂。」

比爾德巴赫先生的父親是荷蘭裔小提琴家。他母親來自布拉格。他出生在這個國家，在德國度過自己的少年時代。她曾無數次希望自己不只在辛辛那提一個地方出生長大。「乳酪」用德語怎麼說？比爾德巴赫先生，「我不明白你的意思」用荷蘭語又怎麼說？

第一次來教室，她憑著記憶彈完整部《匈牙利第二狂想曲》。籠罩著暮色的房間裡灰濛濛的，還有他俯在鋼琴上方的臉龐。

「我們重新開始，」那天他是那麼說的，「這個——演奏音樂——不能只靠聰明。一個十二歲的小女孩的手指展開超過一個八度——這並沒有什麼了不起。」

他用粗短的手指敲打著自己寬闊的胸脯和前額。「這裡還有這裡。你年紀夠大了，能夠理解了。」他點燃一根菸，把第一口煙輕輕吐在她頭頂的上方。「練習——練習——練習。我們從巴哈的創意曲和舒曼的短曲開始。」他的雙手又動作起來，這一次拉了一下她身後檯燈的燈繩，然後指著樂譜說：「我會示範給你看我希望你怎樣練習。仔細聽著。」

她在鋼琴前面坐了幾乎三個小時，已經累壞了。他深沉的嗓音聽起來像是已在她體內迷失了很久。她想伸手觸摸他指著樂句的肌肉繃緊的手指，觸摸那個閃亮的金婚戒和他壯實多毛的手背。

禮拜二放學後和禮拜六下午她都有鋼琴課。禮拜六的課程結束後她經常留下來，在這兒吃晚飯和過夜，第二天早晨再搭有軌電車回家。比爾德巴赫太太以一種平靜到幾乎麻木的方式關愛著她。和她丈夫大不同，她安靜、肥胖、動作遲緩。只要不在廚房裡做他兩人都愛吃的豐盛飯菜，她似乎都在樓上的大床上待著，看雜誌或帶著似有似無的微笑坐在那裡發愣。他們在德國結婚時她是個抒情歌手。她不再唱歌了（她說是因為嗓子出了問題）。每次他把她從廚房裡叫出來，讓她評價一個學生的演奏時，她總是微笑著用德文說：好，非常好。

弗朗西絲十三歲的時候，有一天她突然意識到比爾德巴赫夫婦沒有孩子。這似乎有點奇怪。有一次，她正和比爾德巴赫太太待在後面的廚房裡，他被一個學生激怒了，從琴房大步走過來。他妻子正站在爐子前，用勺子攪動鍋裡的濃湯。直到他伸手按住她的肩頭，她才轉過身來，安詳地站著，而他則用手摟著她，把嚴厲的面孔埋進她頸窩處白皙、鬆軟的肉褶裡。他們就那樣一動不動地站著。隨後他突然抬起頭，臉上的怒容消失了，安靜下來後的他面無表情地回到了教室。

開始和比爾德巴赫先生學琴後，她不再有時間和中學同學來往。海梅是她僅有的年紀相仿的朋友。他是萊夫科維茨先生的學生，在她上課的晚上會和萊夫科維茨先生一起來比爾德巴赫先生家。他們會聽兩位老師演奏，也經常一起排練室內樂——莫札特的奏鳴曲或布洛赫[2]的音樂。

神童——神童。

海梅是神童。他和她，那個時候。

海梅四歲就開始學拉小提琴。他不需要去上學。萊夫科維茨先生的哥哥（他是個瘸子）會在下午教他幾何、歐洲歷史和法語動詞。到了十三歲，他的技巧已不比辛辛那提任何一位小提琴家差了，所有人都這麼認為。不過拉小提琴肯定要比彈鋼琴容易一些。她知道一定是這樣的。

海梅身上總有一股燈芯絨褲子的氣味，還有他吃的食物和松香的氣味。而且一半的時間裡，他手指關節周圍總是髒兮兮的，襯衫袖子邋遢地從毛衣袖口露出來。他拉琴的時候她總是看著他的手——除了關節那兒，到處都是肉肉的，硬硬的小肉突從剪得短短的指甲下面鼓出來。拉弓的手腕上有像嬰兒那樣明顯的肉褶。

無論是做夢還是醒著的時候，她都只能隱約記得那場演奏會的情景。直到過去了好幾個月，她才意識到演奏會並不成功。確實，報紙上對海梅的讚譽比對她的要

2 埃內斯特・布洛赫（一八八〇—一九五九），瑞士裔美國作曲家。

多。不過他比她矮很多。他們一起站在臺上時，他只到她的肩膀那裡。這在別人眼裡就有了差別，她知道。而且與他們演奏的那首奏鳴曲也有關係，那是布洛赫的作品。

「不行，不行，我覺得不適合。」當有人建議用布洛赫的樂曲作為音樂會的結束曲目時，比爾德巴赫先生說。「那個約翰．鮑威爾[3]的東西——《維多利亞奏鳴曲》。」

當時她並不明白，她跟萊夫科維茨先生和海梅一樣，想要演奏布洛赫的曲子。比爾德巴赫先生讓步了。後來，報紙上的評論文章說她缺乏演奏那種音樂的氣質，說她的演奏太單薄，缺乏感情，她覺得自己上當了。

「那個老掉牙的東西，」比爾德巴赫先生朝著她拍打著報紙，「一點也不適合你。留給海梅和那些叫維茨和斯基的人吧。」

神童。不管報紙怎麼說，他曾這麼叫過她。

為什麼那場演奏會上海梅的表現比她要好得多？有時候在學校裡，她本應看著黑板前站著的人演算一道幾何題，這個問題卻像刀子一樣絞著她的心。躺在床上時她也會因此無法入眠，甚至在她應該把注意力集中在鋼琴上的時候仍會想到這個問題。這不僅僅是因為布洛赫的曲子，以及她不是猶太人——不完全是。也不是因為海梅不需要去上學，很早就開始接受音樂訓練。那又是——？

她一度以為自己知道原因。

「就彈這首幻想曲和賦格。」一年前的某天晚上比爾德巴赫先生這麼要求她，在此之前他和萊夫科維茨先生一起閱讀了一些樂譜。

彈奏那首巴哈作品的過程中，她覺得自己發揮得非常好。透過眼角，她能看到比爾德巴赫先生臉上安詳、愉悅的表情，他放在椅子扶手上的手隨著音樂的高潮抬起，高潮成功地過去後，那隻手又滿意鬆弛地垂落下來。曲子彈完後她站起身來，咽了口唾沫，放鬆一下像皮筋一樣纏繞在她脖子和胸口上的音樂。

「弗朗西絲——」萊夫科維茨先生很突然地說。看著她的時候，他薄薄的嘴唇向上翹著，眼睛幾乎被細巧的眼皮蓋住了，「你知道巴哈有幾個孩子嗎？」

她轉向他，有點困惑。「很多。二十幾個吧。」

「那麼——」他微笑的嘴角溫柔地印刻在他蒼白的臉上，「他就不可能那麼冷

3 約翰·鮑威爾（一八八二—一九六三），美國鋼琴家、民族音樂學家和作曲家。

冰冰的，對吧。」

比爾德巴赫先生不高興了，他帶喉音的漂亮德國話裡冒出「神童」的「童」字。萊夫科維茨先生揚了揚眉毛。她很容易就察覺到了，不過仍然保持著茫然幼稚的表情。她並不覺得自己在欺騙誰，因為那是比爾德巴赫先生希望看到的表情。

然而這些仍然與此無關。至少沒有太大的關係，因為她終將長大。比爾德巴赫先生懂得這一點，萊夫科維茨先生那麼說也是無心的。

在夢裡，比爾德巴赫先生的面孔逐漸顯現，收縮到旋轉著的圓圈的中心。嘴唇在輕輕地催促著，太陽穴處跳動的血管在堅持。

不過有些時候，在她上床睡覺之前，會有一些非常清晰的記憶，比如她把襪子上的一個破洞往下拉，這樣就可以把它藏在鞋子裡面。「小蜜蜂，小蜜蜂！」他會拿來比爾德巴赫太太的針線籃，教她怎樣縫補，而不是把襪子皺成一團。

還有她初中畢業的那段時間。

「那你穿什麼？」當她禮拜天在早餐桌上告訴他們她和同學練習邁正步走進禮堂時，比爾德巴赫太太問道。

「我表姊去年穿過的晚禮服。」

「啊——小蜜蜂！」他說，他厚實的雙手捧著溫暖的咖啡杯，抬頭盯著她，帶著笑意的眼角堆著皺紋。「我敢打賭我知道小蜜蜂需要什麼——」

他固執己見。當她解釋說自己一點都不在乎時他不相信。

「就像這樣，安娜。」他說著把餐巾推過桌面，邁著碎步裝模作樣地走到房間的另一邊，扭著臀部，在厚厚的玻璃眼鏡片後面翻著白眼。

下一個禮拜六下午，上完課後，他帶她去了市區的商場。女店員打開一匹匹布料，他的粗手指在薄如蟬翼的羅紗和窣窣作響的塔夫綢上滑過。他把不同顏色的布料舉到她臉旁作比較，頭歪向一側，最終選擇了粉紅色。還有鞋子，他也沒有忘記。他最喜歡那種白色的小山羊皮軟底便鞋。她覺得這種鞋子是小老太婆穿的，鞋背上的紅十字商標給人一種慈善的感覺。不過這些都不重要。當比爾德巴赫太太開始裁剪禮服，把布料別在她身上比試時，他中斷了授課，站在一旁，建議在臀部和領口加些褶襉，肩膀處加一個別致的薔薇花飾。那時音樂課進展順利，衣服和畢業典禮之類的事情都不會影響到它。

除了把音樂固有的東西演奏出來，什麼都不重要，把肯定存在於她身上的東西發掘出來，練習、練習，直到比爾德巴赫先生臉上的敦促表情消失不見。把蜜拉·

海絲[4]、耶胡迪．梅紐因[5]，甚至海梅擁有的東西融入她的音樂。

四個月前她出了什麼問題？彈出的音符輕率膚淺、沒有生氣。青春期吧，她心想。有些很有天分的孩子——像她一樣，練著、練著，一件非常小的事情就會讓他們痛哭流涕，為了把某個東西表現出來——內心渴望的東西——而心力交瘁，各種奇奇怪怪的事情都會發生。但不會是她！她就像海梅。她必須那樣。她——

那種天賦肯定存在過，不會就那樣輕易丟失了。神童……神童……他是這麼說她的——一串確定、深沉的德語吐字。在夢裡則更加深沉，更加確定。他的面孔漸漸顯現，期待的樂句融入到那個在放大和不停旋轉著的「神童神童」裡面。

那天下午，比爾德巴赫先生沒有像往常一樣把萊夫科維茨先生送到門口。他待在鋼琴旁邊，輕輕地按著一個琴鍵。弗朗西絲一邊聽，一邊看著小提琴家用圍巾裹好他蒼白的脖子。

「海梅的那張照片拍得真好。」她拿起自己的樂譜，「兩個月前我收到他的來信，告訴我他去聽了施納貝爾[6]和胡貝爾曼[7]的演奏，還提到了卡內基音樂廳和在俄羅斯茶室吃的東西。」

為了拖延進教室的時間，她一直等到萊夫科維茨先生準備離開了。開門的時候她站在他身後。外面寒冷的空氣一下子鑽了進來。天漸漸暗了下來，空中瀰漫著冬季昏黃的暮色。當彈回來的大門合上後，屋裡似乎比此前更昏暗也更安靜了。

她走進教室時，比爾德巴赫先生從鋼琴旁邊站起身，一聲不吭地看著她在鋼琴前坐定。

「好吧，小蜜蜂，」他說，「今天下午我們重新開始，從頭來。把過去幾個月全部忘掉。」

他看起來像是在演電影，結實的身體前後搖擺著，搓著雙手，甚至露出了滿意的微笑、電影裡的微笑。突然，他把這套舉止拋在一邊，厚實的肩膀垂了下來，開始翻閱她帶來的一疊樂譜。「巴哈——不行，還不是時候，」他喃喃自語道，「貝

---

4 蜜拉．海絲（一八九〇－一九六五），英國著名女鋼琴家，少年成名。

5 耶胡迪．梅紐因（一九一六－一九九九），美國小提琴家和指揮家。幼年時就展現過人的音樂天賦。七歲時，第一次公開露面，在舊金山交響樂團擔任獨奏小提琴手，被譽為「神童」。

6 阿圖爾．施納貝爾（一八八二－一九五一），出生於奧地利的美籍古典鋼琴家、作曲家。自幼對音樂就極有天賦。七歲開始學鋼琴，第二年就舉辦演奏會。

7 布羅尼斯拉夫．胡貝爾曼（一八八二－一九四七），波蘭小提琴家，被認為是最具個性和表現力的小提琴家。

多芬？就是它，變奏曲。作品二十六號。」

琴鍵圍住了她——堅硬、蒼白、毫無生氣。

「等一下。」他站在弧形的琴身旁，手肘支在琴蓋上，看著她，「今天我對你有點要求。這首奏鳴曲，這是你練習過的第一首貝多芬奏鳴曲。每一個音符都在你的能力範圍之內——從技術上來說——除了音樂，你什麼都不要去想。這一刻只有音樂。那是你唯一需要考慮的。」

他翻閱她的樂譜本，直到找到了那首曲子，隨後把他的教學椅拉到房間中間，把椅子轉了個方向，騎坐在椅背上。

出於某種原因，她知道，他的這種姿勢通常會對她的演奏產生好的效果。可是今天她覺得自己會用眼角觀察他並受到影響。他的背僵硬地前傾，他的腿看起來很緊張，前面椅背上那本厚厚的樂譜隨時可能掉下來。「開始吧。」他說，朝她投去不容置疑的一瞥。

她的雙手懸在琴鍵上方，隨即落了下來。最初的幾個音太重，接下來的樂句卻乾巴巴的。

他的一隻手醒目地從樂譜上抬起來。「等一下！花一分鐘想一想你在彈什麼。

開頭是怎麼標注的？」

「行——行板。」

「很好。那就別把它拖成柔板。而且按鍵要深。不要那樣淺淺地一帶而過。一個優美、深沉的行板——」

她又試了一次。她的手彷彿和她體內的音樂分離開了。

「聽著，」他打斷她，「哪個變化在主導整部樂曲？」

「哀歌。」她回答道。

「那就對它有所準備。這是一個行板，但不是你剛才彈的沙龍裡的玩意。開始輕一點，輕聲，在琶音開始前讓曲子飽滿起來。彈得溫暖一點，戲劇化一點。還有這兒——標著柔聲的地方，讓複調旋律唱出來。這些你都懂。我們之前都練習過。現在開始彈。像貝多芬寫它時那樣去感受它。感受裡面的悲劇性和壓抑感。」

她沒法抑制自己不去看他的手。這雙手似乎只是暫時停留在樂譜上，只要她一開始彈奏，它們就會像休止符一樣騰空而起，他戒指上的閃光在叫她停下來。「比爾德巴赫先生——也許我——如果你讓我不間斷地彈完第一變奏，我會彈得好一點。」

「我不會打斷你的。」他說。

她蒼白的面孔和琴鍵靠得太近了。她彈完了第一部分，得到他的首肯後開始彈奏第二部分。沒有犯讓她卡住的錯誤，但沒等她把自己的感受放進去，樂句已從她的手指底下流了出來。

她彈完後，他從樂譜上抬起頭，用率直的語氣說：「我幾乎聽不到右手的和聲填充。另外，順便說一下，這部分應該表現出張力，逐漸展現第一部分隱含的預示。不過，接著彈下一部分吧。」

她想從被壓抑的邪惡開始，逐步發展到一種深沉而飽滿的悔恨。她的大腦告訴她應該這樣。可是她的手指卻像義大利通心麵一樣黏在了琴鍵上，而且也想像不出音樂本來的面目。

最後一個音符停止振動後，他合上樂譜，不慌不忙地從椅子上站起來。他左右移動著下巴頦。從他張開的嘴唇之間，她能瞟到通向他喉頭的粉色健康通道，還有被煙熏黃的牙齒。他把貝多芬的奏鳴曲小心翼翼地放在其他樂譜上面，並再次把手肘支撐在光滑的黑色琴蓋上。他看著她，簡單地說了一句：「不行。」

她的嘴唇開始顫抖。「我沒辦法。我——」

突然，他繃緊嘴唇，做出一個微笑來。「聽著，小蜜蜂，」他用一種全新的不自然的嗓音說道，「你還在彈《快樂的鐵匠》嗎？我讓你別把它從你的常備曲目中刪除的。」

「還在彈，」她說，「有時我會練習一下。」

他用平時對小孩子說話的聲音說道：「那是我們最開始一起練習的一個曲子，還記得吧。過去你彈得多有力量，像一個真正的鐵匠女兒。你看，小蜜蜂，我太瞭解你了，就像是我自己的女兒。我知道你有什麼，我聽你彈過那麼多優美的曲子。過去你——」

他困惑地停了下來，從快被咬爛的菸蒂上吸了一口菸。煙從他粉紅色的嘴唇冒出來，灰色的煙霧籠罩著她直直的頭髮和稚氣的前額。

「彈得簡單歡快一點。」他說，隨後打開了她身後的檯燈，從鋼琴旁邊後退了幾步。

有那麼一陣，他站在燈光投出的明亮光圈的邊緣，隨後他衝動地蹲在地上。「要有活力。」他說。

她無法不看他。他坐在一隻腳的後跟上，另一條腿前伸保持著身體的平衡，強壯大腿上的肌肉在褲子裡面繃緊了，背挺得筆直，手肘穩穩地支在膝蓋上。「只想眼前，」他用多肉的手重複著一個動作，「想著那個鐵匠，一整天都在陽光下工作。很放鬆，不受干擾。」

她無法低頭看鋼琴。燈光照亮了他伸出的手背上的汗毛，眼鏡片在閃閃發光。

「拿出所有的一切，」他敦促道，「開始！」

她感到自己的骨髓被抽空了，身上一滴血也不剩。一個下午都在胸膛裡狂跳的心臟剎那間停止了跳動。她想像它像一個牡蠣一樣，收縮成灰不溜秋的一團。

他的面孔似乎從她前面的空間凸了出來，離她更近了，太陽穴處的血管在跳動。為了回避，她低頭看著鋼琴，她的嘴唇像果凍一樣抖動著，淚水無聲地湧了出來，白色的琴鍵模糊了。「我做不到，」她低聲說道，「不知道怎麼搞的，我就是做不到——再也做不到了。」

他緊張的身體鬆弛下來了，兩手叉腰，站了起來。她死死抓住自己的樂譜，急急忙忙地從他身邊走過。

她的外套。手套和膠鞋。課本和他作為生日禮物送給她的書包。安靜的房間裡所有屬於她的東西。快——在他不得不開口說話之前。

經過門廳時她無法不注意到他的雙手，向前伸著，身體靠著教室的門，放鬆，沒有目的。大門牢牢地關上了。抱著書和書包，她跌跌撞撞地走下石頭臺階，轉錯了方向，急匆匆地穿過混雜著噪音、腳踏車和玩耍兒童的街道。

賽馬騎師

賽馬騎師來到餐廳門口，停頓了一下，便走到一邊，背靠著牆一動不動地站著。房間裡很擁擠，因為是賽季的第三天，城裡所有的旅館都住滿了。餐廳裡，白色亞麻桌布上散落著八月玫瑰的花瓣，隔壁酒吧間裡傳出一陣陣興奮、醉意盎然的喧鬧聲。騎師背靠著牆等著，瞇著眼角帶皺紋的眼睛仔細打量著房間，他巡視著餐廳，目光最終落在了斜對角的一張桌子上，桌旁坐著三個男人。騎師看著他們的時候，抬起下巴，把頭往後側仰，矮小的身體繃直了，雙手也僵硬起來，手指向裡彎曲，像一對灰色的爪子，繃直的身體緊貼在牆上，他一邊觀察一邊等待著。

那天晚上，他穿著一件綠色的中國絲綢外套，裁剪得十分合身，像一件兒童的外套那麼大。襯衫是黃色的，領帶上有淡色的條紋。他沒戴帽子，溼漉漉的頭髮往前梳，直直地貼在額頭上。他的面容灰白、憔悴，看不出年齡，太陽穴處有塊凹陷的陰影，嘴上掛著一絲冷笑。過了一會兒，他意識到自己正在觀察的三人中有一個看見了他。但騎師沒有朝他點頭，他只是把下巴抬得更高了，用僵硬的拇指勾住外套的口袋。

角落桌子旁邊坐著的三個人分別是賽馬訓練師、賭注經紀人和一個有錢人。訓練師叫西爾維斯特——一個身上的肉鬆鬆垮垮的大塊頭，長著酒糟鼻子和一雙遲鈍的藍眼睛。經紀人叫西蒙斯。有錢人是一匹名叫賽爾策的賽馬的主人，那天下午，騎師騎的就是那匹馬。三個人在喝摻了蘇打水的威士忌，一個穿白外套的侍者剛把晚餐的主菜端上來。

西爾維斯特是最先看見騎師的。他迅速地把頭扭向一邊，放下手中的威士忌酒杯，用大拇指神經質地按了按自己的紅鼻頭。「是比岑．巴羅，」他說，「就站在對面。在看我們呢。」

「哦，騎師。」有錢人說，他面對著牆，轉過頭來看他的身後，「叫他過來。」

「千萬別叫。」西爾維斯特說。

「他瘋了。」西蒙斯說。經紀人的嗓音平平的，沒有起伏。他長著一張天生的賭徒面孔，經過精心調整的表情在恐懼與貪婪之間相持不下。

「嗯，我不完全這麼認為，」西爾維斯特說，「我認識他很久了。直到半年前他還沒什麼問題。不過要是一直這樣下去，我覺得他堅持不了一年。我真是這麼覺得。」

「是因為邁阿密的那件事。」西蒙斯說。

「什麼事？」有錢人問。

西爾維斯特瞟了一眼對面的騎師，伸出紅色多肉的舌頭舔了舔嘴角。「一場意外。一個年輕人在賽道上受了傷。摔斷了一條腿和髖骨。他是比岑最要好的哥們。一個愛爾蘭年輕人。也是個不錯的騎手。」

「太可惜了。」有錢人說。

「是呀。他們是很要好的朋友，」西爾維斯特說，「在比岑旅館房間裡總能見到他。他們要不玩紙牌，要不一起躺在地板上讀報紙的體育版。」

「嗯，這種事情時有發生。」有錢人說。

西蒙斯在切牛排。他手裡的叉子叉尖朝下，另一隻手裡的餐刀在把蘑菇小心地堆起來。「他瘋了，」他重複道，「他讓我起雞皮疙瘩。」

餐廳裡的桌子都坐滿了，中間的大宴會桌上有一群人在聚會。綠白色的飛蛾想方設法飛進來，繞著明亮的燭光撲打著翅膀。兩個穿法蘭絨寬鬆褲和運動上衣的姑娘手挽著手，穿過餐廳走進酒吧。大街上傳來節日喧嘩的回聲。

「他們號稱八月的薩拉托加[1]是世界上人均最富裕的城市。」西爾維斯特轉向有錢人，「你覺得呢？」

「我怎麼知道？」有錢人說，「有可能吧。」

西蒙斯用食指指尖優雅地擦了擦油膩的嘴唇：「那好萊塢呢？還有華爾街——」

「等等，」西爾維斯特說，「他決定到這邊來了。」

騎師已經離開那面牆，朝角落的這張桌子走來。他昂首闊步，一本正經地朝這邊走來，每邁出一步，腿都要向外畫出一個半圓，腳後跟瀟灑地陷進紅天鵝絨的地毯裡。半路上他蹭到了宴會桌旁一位穿白綢緞的胖女士的手肘，他後退了一步，帶著誇張的禮貌鞠了一個躬，眼睛幾乎全閉上了。穿過房間後，他拉過一張椅子，在桌子的一角坐下，夾在西爾維斯特和有錢人的中間。他沒有朝誰點頭致意，板著的

1 美國紐約州中東部的溫泉療養勝地，每年都會舉行賽馬。

灰臉死氣沉沉的。

「吃過晚餐了？」西爾維斯特問道。

「或許可以那麼說吧。」騎師的嗓音高昂、尖刻、清晰。

西爾維斯特小心翼翼地把刀叉放在盤子上。有錢人在座位上移動了一下身體，側過身來，雙腿交疊起來。他穿著斜紋布的馬褲、沒有上油的靴子和破舊的棕色夾克——這是他在賽季白天晚上都穿在身上的行頭，儘管從來沒有人在馬背上見過他。西蒙斯繼續吃他的晚餐。

「來點礦泉水？」西爾維斯特問道，「還是別的什麼？」

騎師沒有回答。他從口袋裡掏出一個金菸盒，「啪」的一聲打開。菸盒裡有幾根香菸和一把很小的金質折疊刀。他用刀把一根菸切成兩半。點燃香菸後，他抬手叫住一個從桌旁經過的侍者：「肯德基波本。」

「聽著，孩子。」西爾維斯特說。

「別叫我孩子。」

「講點規矩。你應該懂規矩吧。」

騎師左嘴角往上一扯，擺出一副誇張的嘲笑。他低頭看了看桌上放著的餐點，又迅速抬起頭來。有錢人的面前是一盤奶汁烤魚，上面點綴著巴西里。西爾維斯特點的是班尼迪克蛋。桌上還放著蘆筍、塗了黃油的新鮮玉米和一盤黑橄欖。正對著騎師的桌角那裡放著一盤炸薯條。他沒有再朝食物看一眼，但瞇起的眼睛卻緊盯著桌子中央放著的那盆盛開的淡紫色玫瑰。「我想你們是不會記得一個叫麥圭爾的人了吧。」他說。

「嗨，聽著。」西爾維斯特說。

侍者端來了威士忌，騎師用他長著繭子的結實小手把玩著酒杯。他手腕上戴著的金手鏈碰到桌子邊發出細微的響聲。把杯子在手掌裡轉了幾圈後，騎師突然兩大口喝完威士忌。他猛地放下杯子。「不會，我想你們的記憶不會那麼長，也記不住那麼多事情。」他說。

「的確是這樣，比岑，」西爾維斯特說，「你今天怎麼了？你聽到那個孩子的消息了？」

「我收到一封信，」騎師說，「我們剛才談到的這個人週三拆除了石膏。一條腿比另一條短了兩英寸。就這些。」

西爾維斯特的舌頭發出嘖嘖聲，他搖了搖頭：「我能理解你的感受。」

「你能？」騎師的眼睛看著桌上的盤子。他的目光從烤魚掃到玉米，最後停在那盤炸薯條上。他的臉繃緊了，再次快速地抬起頭。桌上的一朵玫瑰凋謝了，他撿起一片花瓣，用拇指和食指搓碎，放進嘴裡。

「唉，這樣的事情時有發生。」有錢人說。

訓練師和經紀人已經吃完了，但他們盤子前面的公用盤子裡還剩著一些食物。有錢人把他黏著黃油的手指伸進水杯裡，又用餐巾擦了擦。

「好吧，」騎師說，「有沒有人需要我把盤子傳過去？或許你們還想再加點菜。再來一大塊牛排，各位先生，還是——」

「別這樣，」西爾維斯特說，「講點道理。你為什麼不上樓去？」

「是呀，我幹嘛不上去呢？」騎師說。

他一本正經的嗓音升得更高了，夾帶著歇斯底里的嚎叫。

「我為什麼不上樓去我該死的房間，轉上幾圈，寫上幾封信，然後像個好孩子那樣上床睡覺？我為什麼不——」他把屁股下面的椅子往後一推。「哦，笨蛋，」他說，「你們這群笨蛋。我要去喝杯酒。」

「我只能說你在葬送自己，」西爾維斯特說，「你知道你這麼做的後果。你心裡很清楚。」

騎師穿過餐廳走進酒吧。他要了一杯曼哈頓，西爾維斯特看見他腳後跟併攏站在那裡，身體堅硬得像一個玩具錫兵，小指頭從雞尾酒的杯子上翹起來，慢慢地啜著杯子裡的酒。

「他瘋了，」西蒙斯說，「我早就說過了。」

西爾維斯特轉向有錢人：「如果他吃下一塊羊排，一個小時後你還能在他肚子上看到那塊羊排的形狀。他不再能夠利用出汗把體內的東西消耗掉。他現在體重一百一十二磅半。我們離開邁阿密後他又重了三磅。」

「騎師不該喝酒。」有錢人說。

「食物不再像以前那樣滿足他了，而且他不能利用出汗把東西消耗掉。如果他吃下一塊羊排，你能看見它在他胃裡撐著，就是不往下走。」

騎師喝完他的曼哈頓。他的喉頭吞咽了一下，他用拇指碾碎杯底的一顆櫻桃，把杯子推到一邊。那兩個穿運動上衣的女孩面對面地站在他的左邊，酒吧的另一頭，兩個馬探子開啟了一場世界上究竟哪座山峰最高的爭論。騎師用一張嶄新的五十元鈔票付了酒帳，數都沒數找給他的零錢。

他回到三個男人坐著的桌子旁邊，不過他沒有坐下來。「不。我不會去假設你們能記住那麼多的事情。」他說。他的個頭很矮，桌面幾乎和他腰間的皮帶一樣高，他用瘦而結實的雙手抓住桌角時都不用彎腰。「不會的，你們坐在餐廳裡狼吞虎嚥，正忙得不可開交呢。你們——」

「說實在的，」西爾維斯特懇求道，「你得合情合理一點。」

「合情合理！合情合理！」騎師發灰的臉在顫抖，隨後固定成一種邪惡猙獰的笑。他搖晃著桌子，盤子叮噹作響，有那麼一度他似乎要把桌子掀翻。但他突然停了下來。他把手伸向離他最近的盤子，不慌不忙地拿起幾根炸薯條，塞進嘴巴裡。他慢吞吞地嚼著，上嘴唇翹了起來，隨後轉身，把嘴裡嚼爛的食物吐在平整的紅地毯上。「紈袴子弟。」他說，他的嗓音尖細破碎。他把這幾個字放在嘴裡慢慢轉動著，彷彿它們是有滋味的，還具有帶給他滿足的實質性的東西。「你們這些紈袴子弟。」他又說了一遍，然後轉過身，邁著僵直的步子，大搖大擺地走出了餐廳。

西爾維斯特聳了聳一邊有點鬆垮的肩膀。有錢人用餐巾吸了吸灑在桌布上的水，他們沒有說話，直到侍者過來把桌子清理乾淨。

澤倫斯基夫人和芬蘭國王

在布魯克先生看來，澤倫斯基夫人接受賴德大學音樂系的教職，完全歸功於作為系主任的他。學院對此則深感幸運：無論是作為教師還是作曲家，澤倫斯基夫人都是赫赫有名的。布魯克先生主動承擔了為她尋找住處的責任——一棟舒適的帶花園的房子，在他自己住的公寓的隔壁，去學校也很方便。

澤倫斯基夫人來韋斯特布里奇之前，這裡沒人認識她。布魯克先生曾在一本音樂雜誌上看到她的照片，他也曾就某件布克斯特胡德[1]手稿的真偽寫信諮詢過她。而且，當她決定到音樂系任教之後，他們還就一些具體事宜通過幾封信和電報。她寫的信字跡工整清晰，唯一不尋常的是信裡偶爾會提到一些布魯克先生完全不知道的人和事，諸如「里斯本的黃貓」或「可憐的海因里希」。對於這些疏忽，布魯克先生把它歸因於她和家人設法逃離歐洲所導致的混淆。

從某種程度上來說，布魯克先生算得上是淡泊的人；多年浸淫於莫札特小步舞曲，講解降七和小三和弦給了他一種職業的警覺和耐心。多數情況下，他不喜歡議論別人。他厭惡學術界的客套和各式各樣的委員會。多年前，當音樂系決定召集大家去薩爾茲堡[2]過暑假，布魯克先生在最後一刻逃脫了，獨自一人去祕魯旅行了一趟。他自己有些怪癖，也能夠容忍別人的古怪行為。實際上，他覺得那些顯得荒唐的事情更有意思。常常，在面臨沉悶和僵持的場面時，他心裡會感到一陣竊喜，溫和的長臉繃緊了，灰色的眼睛也明亮起來。

秋季開學前的一個禮拜，布魯克先生去韋斯特布里奇火車站接澤倫斯基夫人。他一下子就認出了她。一位個頭很高、身材挺拔的女人，她臉色蒼白，顯得有點憔悴。她的眼底有深色的陰影，額頭那裡參差不齊的黑髮向後梳。她的一雙手大而精緻，不過看起來很髒。她給人的整體感覺是高貴且深奧，這讓布魯克先生遲疑了一

1 迪特里希・布克斯特胡德（一六三七－一七〇七），巴洛克時期德國-丹麥裔作曲家及風琴手。
2 奧地利共和國薩爾茲堡州的首府，是偉大作曲家莫札特的故鄉。

下，站在那裡緊張地解開襯衫的袖扣。儘管她的衣著（黑長裙和破舊的皮夾克）很一般，卻隱約給人一種優雅的感覺。澤倫斯基夫人帶著三個男孩，年齡在六歲到十歲之間，全長著金髮，他們眼神木然，但都很漂亮。還有一位老婦人，後來才知道她是位芬蘭女傭。

這就是他在車站接到的那一夥人。他們僅有的行李是兩大箱子手稿，其餘的隨身物品在斯普林菲爾德車站換車時弄丟了。這樣的事情也在所難免。當布魯克先生把他們全家塞進一輛計程車後，他以為最困難的部分已經過去了，可是澤倫斯基夫人卻突然試圖從他腿上跨過去下車。

「我的天哪，」她說，「我落下了我的——你怎麼說那個？——我的滴答——滴答——滴答……」

「你的手錶？」布魯克先生問道。

「哦，不是！」她激動地說道，「你知道吧，我的滴答——滴答——滴答。」她把食指像鐘擺一樣從一邊晃到另一邊。

「滴答——滴答，」布魯克先生嘴裡說著，兩隻手按住自己的腦門，閉上了眼睛，「你不會是在說節拍器吧？」

「是的，是的！我想我一定是在轉火車的時候把它弄丟了。」

布魯克先生設法安撫住了她，他甚至豪氣沖天地許諾說他明天就幫她找一個。不過與此同時他不免暗自嘀咕，一個人丟失了那麼多的行李，卻在為一個節拍器而大驚小怪，這未免有點古怪。

澤倫斯基全家搬進了布魯克先生隔壁的那棟房子，表面上看一切都很正常。三個男孩都很文靜。他們的名字分別是西格蒙特、伯里斯和薩米。他們總待在一起，一個跟著一個排成一路縱隊，領頭的通常是西格蒙特。他們自己說著一種聽起來很急切的家庭世界語，由俄語、法語、芬蘭語、德語和英語混合而成。其他人在場時他們則出奇地安靜。不過並不是澤倫斯基家的人說過或做過的某件事情讓布魯克先生感到不自在，而是一些不起眼的小事。比如，和澤倫斯基家的男孩待在同一個房間裡他會下意識地感到不安，最終他意識到引起他不安的是澤倫斯基家的男孩從來不走在地毯上，他們排成一隊繞過地毯，走在光禿禿的地板上，如果一個房間裡鋪了地毯，他們則站在門口不進去。還有一件事，已經搬來好幾個禮拜了，澤倫斯基夫人似乎沒把心思花在布置房間上，除了一張桌子和幾張床以外，沒再添置其他家具。大門白天黑夜都敞開著，沒過多久，這棟房子就呈現出被遺棄多年的老房子的那種詭異荒涼的模樣。

而學院則對澤倫斯基夫人十二分地滿意。她的教學狂熱而執著。如果哪個瑪麗·歐文或伯娜丁·史密斯把史卡拉第顫音彈得不夠清晰，她會勃然大怒。她從學校找來四架鋼琴，安排四個暈頭轉向的學生同時彈奏巴哈的賦格曲。系裡她那一頭格外地喧囂，但澤倫斯基夫人似乎少根神經，完全不受噪音的影響，如果依靠純粹的意願和努力就能夠理解一個音樂理念的話，那麼賴德大學沒有人比她做得更好。晚上，澤倫斯基夫人忙著譜寫她的第十二交響曲。她似乎從來不睡覺，不管晚上什麼時間，只要布魯克先生從他客廳窗戶向外張望，就能看見她工作室裡亮著的燈。不，不是專業方面的考慮讓布魯克先生變得多疑起來。

直到十月下旬，他才第一次感到肯定有什麼地方不對勁。他和澤倫斯基夫人一起午餐，聽完她對自己一九二八年的一次非洲狩獵之旅的詳細描述，他的心情很不錯。下午晚些時候，她經過他的辦公室，在門口若有所思地停住腳。

布魯克先生從辦公桌上抬起頭，問道：「你有什麼需要嗎？」

「沒有，謝謝你。」澤倫斯基夫人說。她的嗓音低沉、優美，帶點憂鬱，「我只是在想，你還記得那個節拍器吧，你覺得我會不會把它落在那個法國人那裡了？」

「誰？」布魯克先生問。

「呃，和我結過婚的那個法國人。」她回答道。

「法國人。」布魯克先生和顏悅色地說。他試圖想像澤倫斯基夫人的丈夫，但他的大腦拒絕配合。他半自言自語地說：「三個孩子的父親。」

「哦，不是，」澤倫斯基夫人毫不猶豫地說，「是薩米的父親。」

布魯克先生腦子裡快速閃過一個預感，他最最深沉的本能警告他什麼都不要再說了。可是，他對次序的尊重以及他的良心迫使他開口問道：「另外兩個孩子的父親是？」

澤倫斯基夫人把一隻手放在後腦勺上，搓揉著自己剪得很短的頭髮，一臉的迷惑，好一陣沒有回答。後來她輕輕說道：「伯里斯的是一個波蘭人，吹短笛。」

「那西格蒙特呢？」他問道。布魯克先生看了看自己井然有序的辦公桌，上面放著一疊批改過的作業、三支削好的鉛筆和象牙紙鎮。他又抬頭瞟了澤倫斯基夫人一眼，只見她在苦苦思索。她凝視著房間的角落，眉頭緊鎖，下巴從一邊移動到另一邊。最終她說道：「我們是在說西格蒙特的父親嗎？」

「哦，不用了，」布魯克先生說，「沒這個必要。」

澤倫斯基夫人用一種既有尊嚴又很決斷的聲音說道：「他是我的一個同胞。」布魯克先生真的一點也不在乎誰是誰的父親。他是個沒有偏見的人，就算你結過十七次婚、生了個中國孩子，都和他無關。但他和澤倫斯基夫人的這段交談卻讓他感到困擾。突然，他明白是怎麼回事了。那幾個男孩看起來一點也不像澤倫斯基夫人，但他們彼此卻非常相像，既然他們有不同的父親，布魯克先生覺得這種相像有點不可思議。

不過澤倫斯基夫人已經結束了這個話題。她拉上皮夾克的拉鍊，轉身離去。

「就是落在那兒了，」她快速地點了點頭，「那個法國人家裡。」

音樂系的人事進展平穩，沒有什麼棘手的尷尬事件需要布魯克先生處理，不像去年發生在豎琴老師身上的事情，她最終和一個修車工私奔了。只有澤倫斯基夫人讓他多少有些擔憂。他搞不清楚他和她的關係哪裡出了問題，也不知道為什麼自己對她的感受會如此混亂。首先，她去過世界上無數的地方，交談中她會牽強附會地添加一些荒誕的部分。她會一連好幾天不開口說一句話，雙手插在夾克口袋裡，臉上掛著沉思冥想的表情在走廊裡徘徊。但突然地，她會揪住布魯克先生不放，發表一通情緒激昂的長篇獨白，眼神魯莽，炯炯發光，說話的聲音熱誠急迫。她的話往往沒頭沒腦，但提到的每一段經歷無一例外都有點怪異，像是被扭曲了。如果她說起帶薩米去理髮，給人的印象就像發生在另一個國度，好像她談論的是在巴格達度過的一個下午。布魯克先生有點摸不著頭腦。

他是很突然地知道了事情的真相。真相的出現讓一切都一目了然，至少是讓情況變得明朗了。那天布魯克先生回家較早，在客廳裡生了火。這個傍晚他感覺舒適，心裡很平靜。他只穿著襪子坐在爐火前，身邊小桌子上放著一本威廉·布萊克的詩集，他給自己斟了半杯杏子白蘭地。晚上十點，他在爐火前愜意地打起盹來，腦子裡滿是馬勒朦朦朧朧的樂句和一些飄渺的不完整的想法。處在恍惚狀態的他腦子裡突然冒出四個字：「芬蘭國王」。這幾個字聽起來耳熟，但剛開始他想不起來是從哪兒聽來的，緊接著他一下子就找到了。那天下午他正從校園經過，澤倫斯基夫人叫住了他，又不知所云地胡扯起來。他心不在焉地聽著，腦子裡想著他教的對位課交上來的卡農作業。現在這幾個字，還有當時她抑揚頓挫的聲調，竟在不知不覺中異常清晰地重現在他腦海裡，澤倫斯基夫人是這樣開場的：「一天，我正站在一家法式糕點店門前，芬蘭國王坐著雪橇從那兒經過。」

布魯克先生在椅子裡猛地坐直身體，放下手裡的白蘭地。這個女人是個病態的謊話精。她在課堂外面所說的每一個字幾乎都是假的。如果她工作了一整夜，她會想方設法地告訴你她晚上出去看電影了。如果她在「老客棧」裡吃了中飯，她肯定會說她是在家裡和孩子一起吃的中飯。這個女人就是個病態的謊話精，這解釋了所有的事情。

布魯克先生扳著手指關節從椅子上站起來。他的第一個反應是憤怒。日復一日，澤倫斯基夫人竟敢坐在他的辦公室裡，用她的彌天大謊來淹沒他！布魯克先生被徹底激怒了，他在房間裡來回走動，隨後走進小廚房，給自己做了一個沙丁魚三明治。

一小時以後，他再次在爐火前坐下，他的憤怒已轉化成一種學者式的深思。他需要做的，他告誡自己，是不帶個人感情地衡量整個局勢，像醫生對待病人那樣對待澤倫斯基夫人。她的謊言不是狡詐的那種。她沒有蓄意騙取什麼，而且她從來沒有用她的謊言來獲得利益。而最讓人發狂的正是這個：沒有任何動機的謊言。

布魯克先生喝完杯中的白蘭地。快到午夜的時候，他才慢慢地對此有了進一步的理解。澤倫斯基夫人說謊的原因既可憐又單純。澤倫斯基夫人一輩子都在工作——彈琴、教學和譜寫那十二首漂亮龐大的交響曲。她日夜操勞，嘔心瀝血地工作，根本就沒有精力去做其他事情。作為一個有血有肉的人，她深受其苦，只好盡量去彌補。假如她在圖書館伏案工作了一整晚，後來她會宣稱自己那段時間裡在打牌，就好像那兩件事情她都做了一樣。藉由這些謊言，她間接地體驗了生活。謊言把她工作之餘渺小的存在擴大了一倍，拓展了她一丁點大的私人生活。

布魯克先生看著火苗，澤倫斯基夫人的面孔出現在他的腦海裡——一張嚴厲的臉，幽暗疲憊的眼睛，精緻、訓練有素的嘴巴。他意識到胸中流過的一股暖流，一種包括同情、保護和極度理解的情感。有一度，他陷入到一種帶有愛意的混亂狀態之中。

稍後，他刷完牙並換上睡衣。他必須面對現實。他究竟弄清楚了哪些問題？那個法國人、吹短笛的波蘭人、巴格達？還有這幾個孩子，西格蒙特、伯里斯和薩米，他們是什麼人？他們真是她的孩子，還是她從哪兒撿來的？布魯克先生把眼鏡擦乾淨，放在床頭櫃上。他必須立刻弄清楚她的底細。不然的話，系裡會出現狀況，問題隨時會惡化。現在是凌晨兩點，他朝窗外瞟了一眼，看見澤倫斯基夫人的工作室還亮著燈。布魯克先生上了床，在黑暗中做了幾個鬼臉，計畫著他明天要說的話。

早晨八點，布魯克先生就來到了自己的辦公室。他窩著背坐在辦公桌後面，做好了澤倫斯基夫人從走廊經過時截住她的準備。他不用等多久，一聽到她的腳步聲他就大聲喊出她的名字。

澤倫斯基夫人在走廊裡停住腳步。她看起來有點恍惚，很疲憊的樣子。「你還好嗎？我昨晚休息得可好了。」

「請坐，如果您肯賞光的話。」布魯克先生說，「我有幾句話要和您說。」

澤倫斯基夫人把公事包往旁邊一放，疲倦地倚靠在他對面扶手椅的椅背上。

「什麼事？」她問道。

「昨天我經過校園時你跟我說，」他慢吞吞地說道，「如果我沒有記錯的話，你提到過一家糕點店和芬蘭國王。對不對？」

澤倫斯基夫人把頭轉向一邊，像是在回憶，眼睛盯著窗臺的一角。

「和一家糕點店有關。」他重複了一遍。

她疲憊的面孔明亮起來。「當然了，」她急切地說，「我告訴你當時我站在這家店的門口，芬蘭國王——」

「澤倫斯基夫人！」布魯克先生大聲說道，「芬蘭根本就沒有國王。」

澤倫斯基夫人臉上一片茫然。隨後，過了一會兒，她又說了起來：「當時我正站在『比亞內糕點店』的門口，我從蛋糕上轉過頭，突然看見芬蘭國王——」

「澤倫斯基夫人，我剛跟你說了，芬蘭根本就沒有國王。」

「在赫爾辛基，」她再次絕望地說了起來，而他再次沒讓她的話越過「國王」這個詞。

「芬蘭是民主國家，」他說，「你不可能見到過芬蘭國王。所以說，你剛才說的不是真話。絕對不是真話。」

布魯克先生這輩子都忘不了澤倫斯基夫人那一刻的表情。她眼中流露出驚訝、沮喪和被人逼入死角後的恐懼。她的樣子就像一個人親眼看見自己的內心世界在分崩離析。

「很遺憾。」布魯克先生說，真心感到同情。

不過澤倫斯基夫人振作起來了。她昂起頭，冷冷地說：「我是芬蘭人。」

「這點我不懷疑。」布魯克先生回答道。但轉念一想，他確實有一點懷疑。

「我出生在芬蘭，我是芬蘭公民。」

「這很可能。」布魯克先生提高了嗓門。

「戰爭期間，」她激昂地繼續說道，「我騎摩托車，我是信使。」

「你的愛國熱情和這件事無關。」

「就因為我是第一批拿到允許離開的文件——」

「澤倫斯基夫人！」布魯克先生說。他雙手抓住桌邊。「這是不相干的問題。關鍵是你堅持聲稱你見到了——你見到了——」但他無法把話說完。她臉上的表情制止了他。她臉色慘白，嘴巴周圍有一圈陰影，眼睛睜得大大的，像是在劫難逃，但又傲然不屈。布魯克先生突然覺得自己是個凶手。亂成一團的情感——理解、自責和不理智的愛戀——讓他用雙手捂住自己的臉。直到內心的激動平息下來後他才又能說出話來，他非常虛弱地說：「是的，那當然。芬蘭國王。他很和藹可親嗎？」

一小時以後，布魯克先生坐在辦公室裡向窗外張望。安靜的韋斯特布里奇大街路邊樹上的葉子幾乎都掉光了，學院灰色的大樓看起來平靜而憂傷。在他懶洋洋地打量這些熟悉的景色時，他注意到德雷克家的那條老艾爾谷犬正沿著街道蹣跚地朝前走。這是他此前見到過上百遍的景象，那為什麼他會有一種奇怪的感覺呢？隨後，他驚悚地意識到那條老狗是在倒退著跑。布魯克先生盯著那條艾爾谷犬看著，直到牠從視線裡消失了，隨後他回到手頭的工作，批改對位課交上來的卡農作業。

旅居者

今天早晨，夾在睡著與醒來之間的朦朧場景是羅馬的風光：水花飛濺的噴水池，拱起的狹窄街道，金黃璀璨的城市，到處是盛開的鮮花和被歲月風化的石頭。有時，處在半清醒狀態的他會旅居在巴黎，或是戰時德國的廢墟，或是瑞士滑雪勝地的一家白雪皚皚的旅館裡。有時候，又會在喬治亞州一塊休耕的地裡迎接狩獵的黎明。不過今天早晨，這個沒有年代標記的夢境則是在羅馬。

約翰．費里斯在紐約的一家旅館裡醒來。他有種預感，某件不愉快的事情正等著他——是什麼，他並不知道。在被早晨要做的事情短暫擱置後，等他穿好衣服下樓，這種感覺仍然滯留在他心頭。那是一個萬里無雲的秋日，淡淡的陽光從淺色摩天大樓之間斜切下來。費里斯走進隔壁的便利店，坐在最裡面的小隔間裡，緊挨著俯視人行道的玻璃窗。他要了一份美式早餐：炒蛋和豬肉腸。

費里斯從巴黎飛回喬治亞州老家，參加一週前在那裡舉行的他父親的葬禮。死亡帶給他的震撼讓他意識到青春不再。他的髮線在不停地向後退，已經裸露出來的太陽穴上血管的跳動清晰可見，儘管他不算胖，肚子卻開始鼓了起來。費里斯深愛他的父親，他們的關係曾不同尋常地密切，但是歲月多少沖淡了這段親情。儘管很久以前他就有心理準備，但父親的死訊仍然讓他出乎預料地驚愕和絕望。他盡量在家鄉多住了一段日子，陪伴母親和兄弟。他明天一早飛巴黎。

費里斯掏出地址簿核對一個號碼。隨著頁面的翻動，他越來越專注了。紐約和歐洲國家首都的姓名地址、南部老家幾個字跡模糊不清的名字。褪了色的、印刷體的姓名，酒後潦草的塗鴉。貝蒂．威爾斯：一個一夜情戀人，現在已經嫁人了。查理．威廉斯：在許特根森林戰役[1]受了傷，從那以後就沒了消息。老好人威廉斯：他活著還是死了？唐．沃克：電視界的名人，越來越有錢了。亨利．格林：戰爭結

1 第二次世界大戰中，美軍與德軍在德國－比利時東部邊境進行的一連串激烈戰爭的統稱。它是第二次世界大戰中在德國本土進行的最長時間的戰役，也是美國在其軍事史上時間最長的戰役。

束後就一直在走下坡，聽說他現在在一家療養院裡待著。蔻姬．霍爾：聽說她死了。愛笑的冒失鬼蔻姬：想到這麼淘氣的姑娘也會死，真覺得命運太奇怪了。合上地址簿後，費里斯有種不安全、世事無常和近乎畏懼的感覺。

就在那一刻他的身體忽然猛地一震。他正看著窗外，就在外面，人行道上，走過一個人。是他的前妻。伊莉莎白在離他很近的地方安靜地走過，走得很慢。他不明白自己的心為什麼狂跳不止，也不明白她走過後自己心裡那種不顧一切和受到上帝恩惠的感覺是怎麼來的。

費里斯急忙付完帳，衝出門來到人行道上。伊莉莎白站在街角等著穿過第五大道。他朝她快步走去，想和她打聲招呼，但變燈了，他到達之前她已經穿過了馬路。費里斯在後面跟隨著。街對面的人行道上，他很容易就能追上她，但他卻莫名其妙地放慢了腳步。她漂亮的棕髮盤了起來，看著她的時候，費里斯想起他父親的一個評語，他說伊莉莎白走起路來「婀娜多姿」。她在下一個路口轉彎，儘管已經打消了追上她的念頭，費里斯還是跟在她身後。費里斯質疑自己見到伊莉莎白後身體的反應：掌心出汗，心跳加快。

費里斯已有八年沒見到前妻了。他很早就知道她已經再婚，也有了孩子。最近幾年裡他偶爾會想到她。但剛離婚那陣子，失落感幾乎毀掉了他。後來，時間抹去了傷痛，他又開始戀愛了，一次又一次。眼下的是讓妮娜。當然，他對前妻的愛早已結束了。那麼身體上的錯亂和精神上的動搖又是為什麼呢？他只知道自己陰暗的心情和這個晴朗澄澈的秋日極不相稱。費里斯猛地轉身，邁開大步，幾乎奔跑起來，他急匆匆地趕回了旅館。

儘管還沒到上午十一點，費里斯還是給自己倒了一杯酒。他筋疲力竭地攤坐在扶手椅上，慢慢啜著摻了水的波旁威士忌。明天一早就要飛巴黎，今天他有很多事情要做。他檢查了一下自己需要做的事情：把行李送去法航辦事處，跟老闆一起午餐，買皮鞋和大衣。還有什麼事情——不是還有件事嗎？費里斯喝完杯裡的酒，打開了電話簿。

決定給前妻打電話是他一時的衝動。號碼就列在她丈夫的姓氏貝利下面，他沒給自己時間猶豫，撥通了電話。他和伊莉莎白會在耶誕節互寄賀卡，收到她的結婚消息時，他曾寄去一套刀具。沒有理由不打這個電話。不過他在等待，聽著電話另一端鈴聲的時候，心裡還是有點忐忑不安。

接電話的是伊莉莎白，她熟悉的聲音對他來說是一種全新的震撼。他不得不把自己的名字重複了兩遍，不過在認出他後，她聽起來很高興。他解釋說他就在這裡停留一天。他們晚上要去看場話劇，她說，不過她想知道他能否早點過來吃晚餐。費里斯說他非常樂意。

他一件接一件地處理著事務，時不時地，仍在擔心自己是否忘記了某件要做的事情。快到傍晚的時候，費里斯洗了澡，換好衣服，在此期間他常常想起讓妮娜。明晚他就將和她在一起了。「讓妮娜，」他會說，「我在紐約的時候碰巧遇到了我的前妻。和她吃了晚飯，當然，還有她丈夫。過了那麼多年後再次見到她，真有點奇怪。」

伊莉莎白住在東五十幾街，搭計程車去上城的途中，費里斯瞥見十字路口逗留的夕陽，不過等他趕到目的地，天已經黑了。那是一幢門前有遮雨棚和守門人的大樓，伊莉莎白的公寓在七樓。

「請進，費里斯先生。」

做好了面對伊莉莎白，甚至她難以想像的丈夫的準備，費里斯還是被眼前這個滿臉雀斑的紅頭髮男孩嚇到了。他知道他們有孩子，可是他的大腦卻未能接受。驚慌的他尷尬地後退了一步。

「這就是我們家，」男孩禮貌地說，「你是費里斯先生吧？我叫比利。進來呀。」過道另一頭的客廳裡，那位丈夫給了他另一個震驚，同樣，費里斯沒有從感情上接受他。貝利是個舉止從容的紅頭髮大塊頭。他站起身，伸手表示歡迎。

「我是比爾．貝利。很高興見到你。伊莉莎白一會兒就到。她馬上就要打扮好了。」

最後那句話激起了一片漣漪，往昔的記憶回來了。漂亮的伊莉莎白，沐浴前赤裸的粉色胴體，衣衫不整地坐在梳妝檯前，梳著她細長的栗色秀髮。甜美，漫不經心的親暱，柔軟迷人的身體。費里斯避開那些不由自主的回憶，強迫自己迎接比爾．貝利投來的目光。

「比利，你能把廚房桌子上的飲料托盤端過來嗎？」

男孩立刻從命，他離開後，費里斯應酬地評論說：「真是聽話的乖孩子。」

「我們也這麼覺得。」

直到男孩端著放著酒杯和馬丁尼調酒器的托盤回來，沉默才被打破。在酒精的幫助下，他們聊了起來。話題涉及俄羅斯、紐約的人造雨，以及紐約和巴黎的租房情況。

「費里斯先生明天要飛過整片大洋哦。」貝利對小男孩說，男孩此刻正規規矩矩地坐在椅把手上，不出一聲，「我敢打賭你想藏在他的箱子裡做個偷渡客。」

比利把額頭前鬆軟的頭髮推到後面。「我要坐飛機，當一個像費里斯先生那樣的記者。」他突然肯定地加了一句，「這就是我長大後要做的。」

貝利說：「我以為你要當醫生呢。」

「我要當！」比利說，「兩個我都要當。我也要當原子彈科學家。」

伊莉莎白抱著一個小女孩走了進來。

「哦，約翰！」她說著，把小女孩放到了父親的腿上，「見到你真高興。你能來我真的太開心了。」

小女孩端莊地坐在貝利的膝蓋上。她穿著淡粉色的縐紗連衣裙，抵肩那裡裝飾著玫瑰花，淡色的柔軟捲髮被一條顏色般配的絲帶束成一束。她的皮膚是夏季太陽曬過的顏色，棕色的眼睛閃爍著金光和笑意。當她伸手觸摸她父親的角質框架眼鏡時，他把眼鏡取下來，讓她透過眼鏡片看了一會兒。「我的老糖果怎麼樣？」

伊莉莎白非常美，可能比他意識到的還要美。她筆直潔淨的頭髮在閃亮，面龐柔軟，光亮清澈。那是一種由家庭氛圍產生的聖潔之美。

「你幾乎沒什麼變化，」伊莉莎白說，「不過已經有些日子了。」

「八年了。」兩人進一步互致問候的過程中，他下意識地摸了摸自己逐漸稀疏的頭髮。

費里斯突然發現自己成了旁觀者——貝利一家人中的闖入者。他為什麼要來？他在經受煎熬。他自己的人生猶如一根脆弱的柱子，如此地孤單，幾乎支撐不起歲月殘骸中的任何東西。他覺得自己無法再在這間客廳裡待下去了。

他瞟了一眼自己的手錶：「你們要去劇場了吧？」

「真遺憾，」伊莉莎白說，「我們一個多月前就訂好票了。不過，約翰，過不了多久你就會回來定居了吧。你沒打算移居國外吧？」

「移居，」費里斯重複道，「我不喜歡這個詞。」

「有更好的嗎？」她問道。

他想了一會兒：「也許可以用『旅居』這個詞。」

費里斯再次瞟了一眼手錶，伊莉莎白再次道歉道：「要是我們早點知道——」

「我在這裡只待一天。我也沒料到我會回來。是這樣的，老爸上個禮拜去世了。」

「費里斯老爸去世了？」

「是的，在約翰-霍普金斯醫院。他病了快一年了。葬禮是在喬治亞州老家舉行的。」

「哦，我真難過，約翰。我一直很喜歡費里斯老爸。」

小男孩從椅子後面繞出來，好看著母親的臉。他問道：「誰死了？」

費里斯沒有注意到孩子的不安，他在想他父親的死亡。他眼前又出現了鋪著絲絨的棺材裡直挺挺的遺體。屍體的皮膚被詭異地抹上了胭脂，而他熟悉的那雙手交疊著放在撒滿玫瑰花的身體上，顯得特別大。回憶的畫面消失了，費里斯被伊莉莎白平靜的聲音喚了回來。

「費里斯先生的父親，比利。一個好人。你不認識他。」

「但是你為什麼叫他費里斯老爸？」

貝利和伊莉莎白交換了一個窘迫的眼神。結果貝利回答了提問的男孩：「很久以前，」他說，「你母親和費里斯先生結過婚。在你出生之前，很久以前的事了。」

「費里斯先生？」

小男孩瞪著眼睛看著費里斯，一副驚訝和難以置信的樣子，而費里斯回看小男孩的目光也是難以置信的。難道他真的直呼過眼前這個陌生女人「伊莉莎白」？與她共度良宵時親暱地叫她「奶油小鴨子」？他們曾共同生活，分享了大約一千個日日夜夜，而最終，在愛巢被一片片地拆毀後（嫉妒、酒精和金錢方面的爭吵），重新又陷入到突然而至的孤獨之中？

貝利對孩子們說：「該誰吃晚飯啦？走吧。」

「等一下爹地！媽媽和費里斯先生——我——」

比利不依不饒的眼睛——困惑中帶著少許的敵意——讓費里斯想起了另一個孩子的目光。那是讓妮娜的小兒子——一個七歲的男孩，陰沉的小臉，膝蓋骨凸出，費里斯盡量回避他，時常忘記他的存在。

「快點走！」貝利輕輕地把比利推向房門，「跟大家道晚安，兒子。」

「晚安，費里斯先生，」他憤憤不平地加了一句，「我以為我要留下來吃蛋糕呢。」

「你吃完飯可以再過來吃蛋糕，」伊莉莎白說，「快跟爹地走，去吃你的晚飯。」

費里斯和伊莉莎白留下了。剛開始的幾分鐘裡兩人都沉默不語，氣氛有點凝重。費里斯請求再給自己倒一杯酒，伊莉莎白把調酒器放到桌子上靠近他的一邊。他看著那架三角鋼琴，注意到架子上放著的樂譜。

「你彈得還像過去那麼好聽嗎？」

「我還是很喜歡彈琴。」

「彈兩首吧，伊莉莎白。」

伊莉莎白迅速起身。這是她為人和善的一面，只要有人邀請，她都欣然應允，從來不推諉拒絕。而此刻朝鋼琴走去的她還多了份鬆了口氣的感覺。

她以巴哈的前奏和賦格開始。前奏的色彩像清晨房間裡的一塊稜鏡那樣歡快多變。賦格的第一聲部是一個單純而孤獨的宣告，它與第二聲部反覆交匯，在一個繁複的框架下重複著，多聲部的樂曲，相互平行且寧靜安詳，莊嚴地緩緩流動。主旋律和另外兩個聲部交織在一起，無數精巧的裝飾音——主旋律一會兒占據主導，一會兒被其他聲部淹沒，具有一種孤獨者不畏懼融入整體的莊嚴氣質。接近尾聲時，音樂中的所有成分再次凝聚，對第一主題作最後一次輝煌的再現，最終，一個和弦宣告了樂曲的終結。費里斯把頭靠在椅背上，閉上了眼睛。接下來的沉默被走廊盡頭房間傳來的一聲清晰高亢的聲音打破了。

「爹地，媽媽和費里斯先生怎麼會是——」一扇門關上了。

琴聲再次響起——這是什麼音樂？不確定，但很熟悉，在他心裡沉睡了很久的無憂無慮的旋律，開始向他傾訴另一段時光、另一個地方——這是伊莉莎白過去經常彈的曲子。精美的曲調喚醒了荒蕪的記憶。費里斯迷失在對過去的嚮往、掙扎和矛盾的欲望之中。奇怪的是，這個觸發他內心波濤的音樂，本身卻那樣地清澈安詳。女傭的出現打斷了這段如歌的旋律。

「貝利太太，晚餐已經準備好了。」

即便已在餐桌旁男女主人的中間入座，那首未演奏完的樂曲仍然影響著費里斯的情緒。他有點微醺了。

「**L'improvisation de la via humaine**[2]，」他說，「沒有什麼能像一首未完成的歌那樣讓你覺得人生只不過是個即興之作。或者說是一本舊地址簿。」

「地址簿？」貝利重複道。他無意打探，便很有禮貌地停了下來。

「你還是原來的那個大男孩，約翰尼。」伊莉莎白說，流露出一絲昔日的溫柔。

那天的晚餐是南方風味的，都是他愛吃的菜。他們吃了炸雞、玉米布丁和裹了厚厚一層糖漿的甘薯。晚餐期間，只要沉默的時間長了一點，伊莉莎白就會挑起話頭。現在輪到費里斯說說讓妮娜了。

2 法語，意為「世事無常」。

「我去年秋天第一次見到讓妮娜，差不多就是現在這個時節，在義大利。她是歌手，在羅馬有一場演出。我們應該很快就會結婚。」

那些話似乎很真實，不可避免的，費里斯剛開始都沒有意識到自己在說謊。他和讓妮娜一年來從來就沒有談到過結婚。實際上，她還結著婚，和一個住在巴黎的白俄羅斯銀行家，雖然兩人已經分居了五年。不過現在更正那個謊話已經太晚了。伊莉莎白已經在說：「知道這個真高興。祝福你，約翰尼。」

他想用真話來做些補救。「羅馬的秋天真漂亮。溫暖芬芳。」他補充道，「讓妮娜有個七歲的小男孩。一個能說三種語言的好奇小傢伙。我們有時會去杜樂麗宮[3]玩。」

又是一個謊話。他只帶那個男孩去過一次花園。那個面色蠟黃，短褲下面光著兩條小細腿的外國小男孩在水泥池子裡玩帆船，還騎了小馬。男孩想去看木偶戲，但是時間來不及了，因為費里斯在斯克里布大飯店有個約會。他答應男孩會再找一個下午帶他去布袋木偶劇院。他只帶瓦朗坦去過一次杜樂麗宮。

房間裡忽然一陣騷動。女傭端來白色奶油蛋糕，上面插著粉紅色的蠟燭。孩子都穿著睡衣走進來。費里斯仍然不明白是怎麼回事。

「生日快樂，約翰，」伊莉莎白說，「吹蠟燭。」

費里斯這才想起來今天是自己的生日。他吹了好幾下才把蠟燭吹滅，空氣中有股蠟燭燃燒的氣味。費里斯三十八歲了。他太陽穴處的血管暗淡下來，脈動明顯。

「你們該去劇場了。」

費里斯為生日晚餐感謝了伊莉莎白，用詞恰當地向大家道別。全家人把他送到門口。

天空中高掛著一彎月牙，月光灑在參差不齊而一片漆黑的摩天大樓上。街上刮著風，冷颼颼的。費里斯匆匆趕到第三大道，叫了一輛計程車。他帶著離別甚至是永別的專注，仔細審視著夜裡的這座城市。他感到孤獨，期待著即將到來的航行。

第二天，他從空中俯瞰這座城市，它在陽光下閃閃發光，像玩具一樣，很整齊。隨後美國被拋在了身後，只剩下大西洋和遠方的歐洲海岸。大海是乳白色的，在雲層下方顯得很溫和。費里斯幾乎整天都在打瞌睡，天快黑的時候，他又想起了伊莉莎白和前一晚的拜訪。他懷著渴望、微微的嫉妒和無法解釋的遺憾思念著被家

3 曾是法國的王宮，位於法國巴黎塞納河右岸。一八七一年被焚毀，現為公園。

人圍繞的伊莉莎白。他尋找著那個曾深深打動他的旋律、那首未完成的曲子。那個旋律在躲避他，他只記得曲子的韻律和幾個不相干的音符。不過他倒是找到了伊莉莎白彈的那首賦格曲的第一聲部，但它以嘲弄的方式顛倒了前後順序，而且調性變成了小調。懸浮在大洋的上空，對世事無常和孤獨的焦慮不再困擾他了，他平靜地想到了父親的死。晚餐時分，飛機飛抵法國的海岸。

午夜時分，費里斯搭乘計程車穿過巴黎市。那是個多雲的夜晚，薄霧把協和廣場的燈光完全籠罩了。深夜小酒吧的燈光在潮溼的人行道上閃爍。和往常一樣，經歷了一次跨越大洋的飛行後，突然就從一塊大陸來到另一塊大陸上。早晨在紐約，此刻是午夜的巴黎。費里斯眼前閃過自己混亂無序的人生：一座座城市，短暫的愛情；還有時間，歲月險惡的滑奏，時間的流失總是這樣。

「Vite！Vite！」他驚恐地大聲叫喊，「Dépêchez-vous。」[4]

瓦朗坦為他打開大門。小男孩穿著睡衣和一件已經小了的紅色睡袍，灰色的眼睛顯得無精打采，費里斯從他身邊走進公寓後，他立刻眨起了眼睛。

「J'attends Maman[5]。」

讓妮娜在一家夜總會唱歌。她還有一小時才能到家。瓦朗坦繼續畫他的畫，蹲著用蠟筆在地上鋪著的紙上畫畫。費里斯低頭看他畫的畫——一個彈班卓琴的人，旁邊氣球形狀的對話方塊裡有幾個音符和幾條波浪線。

「我們下次再去杜樂麗宮。」

男孩抬起頭來，費里斯把他拉到自己的膝前。那個旋律，伊莉莎白沒有彈完的曲子突然湧入他的大腦，這次他並沒有刻意尋找，記憶卻自動把它拋了出來。而這次帶給他的只有認可和歡樂。

「讓先生[6]，」男孩說，「你見到他了嗎？」

費里斯糊塗了，他以為男孩說的是另一個孩子——那個長著雀斑，備受寵愛的男孩。「見到誰？瓦朗坦。」

「你喬治亞州死了的老爸。」男孩加了一句，「他還好嗎？」

費里斯急切地說道：「我們要常去杜樂麗宮。騎小馬，我們要去布袋木偶劇院。

4 法語，意為「快！快！」，「快一點。」

5 法語，意為「我在等媽媽。」

6「讓」是很常見的法文名字，小男孩有可能記不住費里斯的英文名字。

我們要去看木偶劇，而且絕不再趕時間了。」

「讓先生，」瓦朗坦說，「布袋木偶劇院關門了。」

對虛度年華和死亡的確認讓他再次感到恐懼。瓦朗坦，敏感且自信，仍然依偎在他的臂彎裡。費里斯的臉龐觸碰到了男孩柔嫩的小臉，感受到男孩纖細眼睫毛的拂刷，內心的絕望讓他把男孩摟得更緊了，彷彿那個像他的愛一樣變化莫測的情緒能夠主宰時間的脈搏似的。

家庭困境

禮拜四下午馬丁．梅多斯提早下班，以便趕上第一班直達通勤車回家。上車的時候，泥濘的街道上夕陽淡紫色的餘暉正黯淡下來，不過等到大巴開出中城的車站，城市夜晚的燈光已經一片通明了。

每個禮拜四，女傭只上半天班，馬丁希望盡早趕回家，因為過去一年裡他妻子——怎麼說呢，身體不太好。這個禮拜四他覺得特別累，生怕有哪個老乘客找他聊個沒完，因此，他把頭埋在報紙裡，直到車子開過了喬治．華盛頓大橋。一旦上了西向的九號高速公路，馬丁總有一種行程已經過半的感覺，他做了幾次深呼吸，儘管大冷天裡只有幾縷氣流穿過彌漫著煙霧的車廂，他深信自己在呼吸鄉間的新鮮空氣。往常車子開到這裡時他會輕鬆起來，心情愉快地想著家裡。可是這一年裡，離家越近，他心裡越是緊張，他並不希望行程就此結束。今晚馬丁臉貼著窗戶，看著窗外荒蕪的田野和車子掠過的鄉鎮孤寂的燈光。月亮掛在空中，慘白的月光灑在黑暗的大地和殘留的積雪上；在馬丁的眼裡，那天晚上的鄉野似乎格外遼闊，還有點蒼涼。離到站還差幾分鐘，他起身從架子上取下帽子，又把疊起的報紙塞進大衣口袋裡，然後拉動了下車鈴。

他住的那幢房子和車站隔著一個街區，離河很近但不在岸邊上；從客廳的窗戶，你可以越過街道和對面的院子看到哈德遜河。房子建造得很現代，在這塊狹窄的院子裡顯得有點過於白和過於新了。夏天，院子裡的草柔軟鮮亮，馬丁精心照料著院子裡的一塊花圃和一個玫瑰花花架。但在寒冷又休耕的那幾個月裡，院子裡一片荒涼，房子像是赤裸了一樣。那天晚上，小房子裡所有的房間都亮著燈，馬丁快步走過門前的小路。上臺階前他停住腳步，挪開一輛擋道的小推車。

客廳裡孩子們正聚精會神地玩著遊戲，沒有誰注意到大門打開了。馬丁站在那裡，看著那兩個平安、可愛的孩子。他們打開了櫃子最下面的抽屜，把裝扮聖誕樹的東西取了出來。安迪居然把一串聖誕樹小燈泡的插頭插上了，客廳地毯上，發出紅紅綠綠燈光的小燈泡給人一種不合時令的節慶氣氛。安迪正試圖把那串發光的小燈泡從瑪麗安娜的木馬馬背上拉過去。瑪麗安娜坐在地上，正在把一個小天使的翅膀往下扯。孩子看見他後，驚叫著表示歡迎。馬丁把胖嘟嘟的小女兒一把甩上肩頭，安迪撲過來抱住父親的雙腿。

「爹地，爹地，爹地！」

馬丁小心地放下小女兒，又抱起安迪，把他像鐘擺那樣來回蕩了幾下。隨後他撿起那串小燈泡。

「把這些東西拿出來幹什麼？幫我把東西放回抽屜去。不可以玩電燈插座。我不是跟你說過嗎？安迪，我可沒跟你開玩笑。」

六歲的男孩點點頭，關上了抽屜。馬丁摸了摸他柔軟的頭髮，他的手在孩子瘦弱的後脖頸那兒停留了一會兒。

「晚飯吃過了嗎，小南瓜？」

「痛死了。吐司是辣的。」

小女孩在地毯上摔倒了，她先是一驚，隨後大哭起來。馬丁扶起她，抱著她走進廚房。

「看，爹地，」安迪說，「吐司。」

艾米莉已把孩子的晚餐放在餐桌上，瓷磚面的餐桌上沒鋪桌布。桌上放著兩個盤子，裡面還剩著麥片粥和雞蛋，還有兩個裝牛奶的銀色馬克杯。一盤上面撒了肉桂粉的吐司，除了一片上有一個咬過的牙印，還沒有人動過。馬丁拿起咬過的那一片聞了聞，小心謹慎地咬了一小口。他隨即把吐司丟進了垃圾桶。「呸，呸──什麼玩意！」

艾米莉錯把辣椒粉當成肉桂粉了。

「我像是被燒到了，」安迪說，「喝水，跑到外面，張開嘴巴。瑪麗安娜全部沒吃。」

「一點沒吃。」馬丁更正道。他無助地站在那裡，看著廚房的牆壁。「好吧，只能這樣了，」他最終說道，「你們的媽媽呢？」

「她在上面你們的房間。」

馬丁把孩子留在廚房裡，上樓去找妻子。他在門外站了一會兒，平息一下心中的怒火。他沒有敲門，進門後隨手關上了門。

艾米莉坐在舒適的房間靠窗的搖椅上。她端著一個平底玻璃杯正喝著什麼，見他進來後，她慌忙把杯子放在搖椅後面的地板上。她的神態中混雜著迷亂和內疚，她想要用偽裝的活潑加以掩飾。

「噢，馬丁！你已經到家了？時間過得真快。我正要下樓——」她搖搖晃晃地走向他，她的親吻裡帶著很重的雪莉酒味。發現他站在那裡毫無反應，她後退了一步，神經質地咯咯笑了起來。

「你怎麼了？怎麼像理髮店門口的燈柱似的站著不動。你哪裡不舒服嗎？」

「我不舒服？」馬丁彎腰從椅子後面的地板上撿起玻璃杯。「難道你不知道我有多厭惡，你這麼做對我們大家有多不好嗎？」

艾米莉用一種虛假輕佻的語氣說了起來，對此他已經熟悉得不能再熟悉了。通常，在這樣的場合她還會帶上微微的英國口音，或許是模仿某個她欣賞的女演員。

「我一點也不明白你在說什麼。除非你是指我用來喝一丁點雪莉酒的杯子吧。我只喝了還不到一指高——也許兩指吧。我倒要問問你，這算犯罪嗎？我好好的。什麼事都沒有。」

「誰都看得出來。」

去浴室的路上，艾米莉走得很謹慎。她打開水龍頭，雙手接住冷水往臉上潑了一點，又用浴巾的一角拍乾臉上的水。她的五官精緻，看起來很年輕，沒有一點瑕疵。

「我正準備下樓做晚餐。」她踉蹌了一下，扶住門框才穩住了自己。

「我來做晚飯。你待在樓上，我會把晚飯端上來。」

「我絕不會同意。有誰聽說過這樣的事情？」

「別這樣。」馬丁說。

「別碰我。我沒事。我正要下樓——」

「聽話。」

「聽你奶奶的話吧。」

她朝門撲過去，但馬丁抓住了她的手臂。「我不想讓孩子看見你這副模樣。講點道理。」

「模樣！」艾米莉猛地把自己的手臂拔出來。她的嗓門因憤怒而提高了，「怎麼，就因為我下午喝了一兩杯雪莉，你就想把我說成一個酒鬼？模樣！哼，我一滴威士忌都不喝。你知道得很清楚。我不像誰在酒吧裡猛灌烈酒。你就不能說點別的什麼？我晚餐的時候連一杯雞尾酒都不喝。我只不過有時喝上一點雪莉。哼，我倒是要問問你，這有什麼好丟臉的？模樣！」

馬丁想破腦袋想找出幾句話來安撫妻子。「我們在這兒安安靜靜地吃個晚餐，就我們自己。做個乖女孩。」艾米莉在床邊坐下，他打開門，急急忙忙地走了出去。「我一分鐘就回來。」

在樓下忙著做晚餐的時候，他又思考起那個老問題——這個麻煩是怎麼落到他家裡的。他自己一向喜歡喝酒。還住在阿拉巴馬州的時候，他們通常喝大杯的烈酒或雞尾酒，覺得這是很正常的事情。多年來，晚餐前他們通常要喝上一到兩杯——可能還會喝第三杯。臨睡前再來一大杯。節假日的前夕，他們一般會痛快喝一場，甚至有可能喝醉。不過對他來說喝酒只是多一項花費，從來就不是什麼問題。而隨著家庭成員的增多，這項花費已經讓他們難以承受了。直到公司調他去紐約工作以後，馬丁這才明確地認識到他妻子喝得太多了。他發現她白天也在喝烈酒。

承認出了問題後，他試圖分析問題的根源。從阿拉巴馬搬來紐約多少打亂了她的生活節奏。她習慣了南方小鎮溫暖悠閒的氛圍，以及親戚和兒時朋友之間的走動，無法適應北方更嚴峻更寂寞的生活。做母親的責任和家務事對她來說也過於繁重。她懷念巴黎市[1]。在這個郊區小鎮上沒有結交到朋友，平時只能讀讀雜誌和謀殺小說，沒有酒精的調劑，她的內心不夠充實。

艾米莉暴露出來的無節制不知不覺中改變了馬丁對她的最初印象。有時候，她會流露出無法解釋的凶狠，以及酒精引發的不合時宜的勃然大怒。她用謊話掩飾自己的貪杯，用不引起懷疑的伎倆欺騙他。

還有就是一次意外。大約一年前的一天晚上，他下班回家，迎接他的是孩子們房間裡傳出的尖叫聲。他看見艾米莉抱著剛洗完澡的嬰兒，沒穿衣服，身上溼漉漉的。嬰兒被失手掉到地上了，她極為脆弱的小腦袋瓜磕到了桌子邊，細軟的頭髮裡流出一道鮮血。艾米莉喝醉了，在啜泣。當馬丁摟著受了傷的女兒時，那一刻她顯得無比的珍貴，他的眼前出現了一副恐怖的未來景象。

第二天，瑪麗安娜安好無事，艾米莉發誓再也不碰烈酒了。前幾個禮拜她滴酒不沾，人卻變得冷漠了，情緒也很低落。隨後，慢慢地，她又喝起來了，沒喝威士忌或琴酒，而是大量的啤酒或雪莉酒，要不就是稀奇古怪的烈酒。一次，他偶然發現了一個裝滿薄荷甜酒空瓶子的帽盒。馬丁找了一位可靠的幫傭，她很勝任這份管家工作。維爾吉也來自阿拉巴馬，馬丁一直不敢告訴艾米莉紐約幫傭的薪資水準。現在，艾米莉的酗酒已化明為暗，在他到家之前就已經結束。通常，酒精對她的影

1 這裡的巴黎市是美國南部的一個小城市。

響難以被察覺——動作遲鈍或眼皮有點沉重。像把肉桂弄成辣椒粉吐司那樣不負責任的情況很少見，維爾吉在的時候，馬丁很放心。但儘管這樣，他心裡總潛伏著焦慮，擔心不知哪天災難就會威脅到他正常的生活。

「瑪麗安娜！」馬丁叫了一聲，哪怕只是想到了那個意外，他也需要確認一下小女兒的安好。小女孩不再疼痛了，但對父親來說她更加珍貴了。她和哥哥一起走進廚房。馬丁繼續準備晚餐。他打開一個湯罐頭，往煎鍋裡放了兩塊豬排。隨後他在桌旁坐下，把他的瑪麗安娜放在膝蓋上騎馬。安迪一邊看著他們，一邊用手指頭晃動著那顆已經鬆動了一個禮拜的牙齒。

「小糖人安迪！」馬丁說，「那個老東西還在你嘴裡待著？過來，讓爹地看看。」

「我用一根線把它拔出來。」男孩從口袋裡掏出一根亂成一團的線，「維爾吉說把線的一頭拴在牙齒上，另一頭拴在門把手上，把門猛地一關。」

馬丁掏出一條乾淨手帕，小心地試了試那顆鬆動的牙齒。「這顆牙齒今晚就會從我家安迪的嘴巴裡跑出來。不然的話，我擔心家裡會長出一棵牙齒樹。」

「一棵什麼？」

「牙齒樹，」馬丁說，「你咬東西的時候會把那顆牙齒吞下去。那顆牙齒會在可憐的安迪肚子裡生根發芽，長成一棵牙齒樹，樹上長的不是樹葉，而是尖尖的小牙齒。」

「噓，爹地，」安迪用他又小又髒的拇指和食指死死抓住那顆牙齒，「根本就沒有那種樹，我從來就沒有見到過。」

「根本就沒有那種樹，我從來就沒有見到過。」

馬丁一下子緊張起來。艾米莉正在下樓梯。他聽到她跌跌撞撞的腳步聲，擔心地用手臂摟著小男孩。艾米莉走進房間後，他從她的動作和腫起的臉上看出來她又喝了雪莉酒。她使勁拉開抽屜，開始布置餐桌。

「模樣！」她用狂怒的嗓音說道，「你就這樣和我說話。別以為我會忘記。我記得你跟我說過的每個骯髒謊言。想都別想我會忘記。」

「艾米莉，」他懇求道，「孩子——」

「孩子——一點也不錯！不要以為我沒看出你的陰謀詭計。在這裡唆使我的孩子和我作對。不要以為我沒有看出來。」

「艾米莉！我求你了——上樓去吧。」

「這樣你就可以教唆我的孩子——我親生的孩子——」兩大顆淚珠順著她的臉

龐快速滾落下來，「想要唆使我的小男孩、我的安迪，和他的親生母親作對。」

帶著酒後的衝動，艾米莉在受到驚嚇的男孩面前跪下，她雙手搭在男孩的肩膀上保持著平衡。「聽我說，我的安迪——你不會信你爸爸說給你聽的謊話吧？你不會相信他說的吧？聽我說，安迪，我下樓前你爸爸都跟你說了什麼？」男孩不確定地看著他父親的臉。「告訴我。媽媽想要知道。」

「說了牙齒樹。」

「什麼？」

男孩把上面的話重複了一遍，她帶著難以置信的恐怖重複道：「牙齒樹！」她搖晃了一下，再次抓住男孩的肩膀，「我不知道你說的是什麼。但聽好了，安迪，媽媽什麼事都沒有，你看媽媽有事嗎？」眼淚順著她的臉龐往下流，安迪往後縮著，他嚇著了。艾米莉抓住桌邊站了起來。

「看！你已經讓我的孩子害怕我了。」

瑪麗安娜大哭起來，馬丁把她抱了起來。

「好吧，你可以帶走你的孩子。你從一開始就偏心。我不在乎，但至少你要把我的小男孩留給我。」

安迪一點一點地挨近父親，碰了碰他的腿。「爹地。」他哭著喊道。

馬丁把兩個孩子帶到樓梯口。「安迪，你帶瑪麗安娜上樓，爹地一會兒就來找你們。」

「那媽媽呢？」男孩輕聲問道。

「媽媽沒事的。別擔心。」

艾米莉坐在桌旁哭泣，她把臉埋在臂彎裡。馬丁盛了一小碗湯放在她前面。她刺耳的哭泣聲讓他身心疲憊；她激烈的情緒，不管是出於何種原因，倒是觸動了他心裡的一絲柔情。他不是很情願地把手放在她的黑髮上：「坐起來，喝點湯吧。」她抬起頭看他時，臉上帶著悔恨和懇求的表情。男孩的退縮或者是馬丁的撫摸讓她的情緒起了變化。

「馬——馬丁，」她抽泣道，「我好丟臉啊。」

「喝湯吧。」

她聽從了他的話，一邊喘息一邊喝著湯。喝完第二碗湯後，她由著他攙扶著自己，上樓去了他們的房間。現在她溫順多了，也更加克制了。他把她的睡袍擺在床上，正打算離開，一輪新的悲傷和酒精引發的心煩意亂又爆發了。

「他轉過身子。我的安迪看著我，然後轉過身子。」

不耐煩和疲勞讓他的嗓音硬了起來，不過他還是很小心地說道：「你忘了安迪還是個小孩子，他還理解不了這樣的吵鬧。」

「我大吵大鬧了？哦，馬丁，我在孩子面前大吵大鬧了？」

她驚恐的表情感動了他，他被逗樂了，這有點違背他的意願。「別放在心上。換上睡衣上床睡覺吧。」

「我的孩子從我身邊走開。安迪看著他的媽媽，然後轉過身子。」

艾米莉陷入酒精中毒者週期性的悔恨中。離開房間前，馬丁對她說：「看在老天的分上，上床睡覺吧。孩子他們明天一早就會忘記這件事的。」

他說這句話時連自己都不太相信。那場吵鬧會很容易地從記憶裡消失，還是會在孩子的潛意識裡生根，在將來引起他們的創痛？馬丁不知道，而後一種可能則讓他擔心。他想著艾米莉，預見到她宿醉後的羞辱：記憶的碎片，從忘卻的羞辱的黑暗中浮現出的清晰印象。她會給他紐約辦公室打上兩次——有可能三到四次電話。馬丁預見到自己的尷尬處境，懷疑辦公室的同事會起疑心。他覺得他的祕書很早就猜到了他的麻煩。有那麼一刻他想抗拒自己的命運；他恨自己的妻子。

走進兩個孩子的房間後，他隨手關上了門，今晚他第一次有了安全感。瑪麗安娜跌倒在地板上，自己爬起來，喊道：「爹地，看我。」又跌倒，繼續著這套「跌倒－爬起來」的遊戲。安迪坐在兒童椅上，還在晃動那顆牙。馬丁給澡盆放上水，在臉盆裡洗乾淨自己的手，把男孩叫進浴室。

「我們再來看看那顆牙。」馬丁坐在馬桶上，用膝蓋夾住安迪。男孩張大了嘴，馬丁抓住了那顆牙。搖晃了一下，迅速地一扭，那顆光亮的乳牙就拔下來了。安迪的臉上第一次同時出現了恐懼、驚訝和喜悅的表情。他喝了一大口水，漱漱口，吐在洗臉盆裡。「看，爹地！血。瑪麗安娜！」

馬丁喜歡幫孩子洗澡，尤其喜歡看著他們光溜溜地站在水裡，那麼的柔嫩，簡直無法用語言來形容。艾米莉說他偏心有點不公平。馬丁在給兒子精緻的小男孩身體抹肥皂的時候，他覺得自己的愛已到了無以復加的程度。不過他承認自己對兩個孩子的感情在質上是有差別的。他對小女兒的愛要更莊嚴沉重一點，帶著一絲憂鬱，一種近乎疼痛的溫柔。他給小男孩起了各種愛稱，這些無厘頭的名字來自他每天的靈感。而他總是叫小女孩瑪麗安娜，叫的時候嗓音充滿愛意。馬丁揩乾小女兒胖鼓鼓的嬰兒肚皮和襠下。孩子洗乾淨的臉像花朵一樣容光煥發，也一樣可愛。

「我要去把牙齒放在我的枕頭下面。我應該得到一個兩毛五的硬幣。」

「幹嘛？」

「你知道的，爹地。強尼的那顆牙就得了兩毛五。」

「誰把硬幣放在那裡的？」馬丁問道，「我原來以為是牙仙在晚上留下的。不過我小的時候只有一毛。」

「幼稚園裡的人都這麼說。」

「那到底是誰放的呢？」

「你們家長，」安迪說，「你！」

馬丁在給瑪麗安娜掖被子。女兒已經睡著了。幾乎聽不到她的呼吸聲。馬丁彎腰親吻了一下她的額頭，又吻了吻那隻舉在頭邊、手心向上的小手。

「晚安，安迪男子漢。」

回答他的只是幾聲昏昏欲睡的咕噥。過了一會兒，馬丁取出零錢，把一個兩毛五的硬幣塞到枕頭下面。他給房間留了一盞過夜的燈。

馬丁在廚房裡忙著做推遲了的晚餐，這時，他突然意識到剛才孩子一次也沒有提到他們的母親，或那場他們肯定還理解不了的爭吵。他們的注意力完全集中在那一刻的事物上——牙齒、洗澡、硬幣。流逝的童年時光把這些微不足道的插曲像淺灘激流中的落葉一樣帶走了，而成人的謎團則擱淺在了河灘上。馬丁為此感謝上蒼。

但是他自己被壓抑而蟄伏的怒火又燃燒起來了。他的青春被一個廢物一樣的醉鬼活活糟蹋了，他的男子漢氣概也在不知不覺中受到了傷害。還有這兩個孩子，一旦過了懵懂無知的年齡，一兩年後他們又會怎樣呢？他把手肘支在桌子上，大口大口地吃著，一點也吃不出食物的滋味。事情的真相是藏不住的。很快辦公室和小鎮上就會謠言四起：他的妻子是自甘墮落的女人。自甘墮落。而他和孩子則註定了要有一個潦倒和逐步走向毀滅的未來。

馬丁把椅子從桌前推開，大步走進客廳。他拿起一本書，眼睛順著一行行的字往下滑，腦子裡卻塞滿了各種淒慘的影像：他看見他的孩子淹死在河裡，他的妻子在大街上當眾出醜。到他該去睡覺的時候，沉悶而堅硬的憤恨像一塊重物壓在他的胸口，他拖著沉重的腳步爬上樓去。

除了從門半開著的浴室漏出的一束光，臥室裡一片漆黑。馬丁一聲不響地脫掉衣服。一點一點地，他的情緒發生了不可思議的變化。他妻子睡著了，房間裡輕輕響著她平靜的呼吸聲。她的高跟鞋和隨手扔在地上的長襪在向他無聲地懇求。她的內衣胡亂地搭在椅子上。馬丁撿起腰帶和柔軟的真絲胸罩，拿在手裡默默地站了一會兒。那天晚上他第一次注視自己的妻子。他的眼睛落在她可愛的額頭上，看著她彎彎的柳葉眉。她的眉毛傳給了瑪麗安娜，還有精緻上翹的鼻尖。而從兒子臉上他可以看到她的高顴骨和翹下巴。她胸部豐滿，身材修長，凹凸有致。看著安詳熟睡的妻子，馬丁累積了很久的怨氣消失了。所有的責怪和缺點都離他遠去了。馬丁關掉浴室的燈，拉起窗戶。他借著月光最後看了妻子一眼。他伸手觸摸她那貼近他的肉體，在他極為複雜的情愛裡，哀傷和欲望交織在一起。

一棵樹・一塊石・一片雲

那天早晨在下雨，天還很黑。男孩走到電車廂改建的咖啡館時，他已幾乎完成了自己的投報路線，他想進去喝一杯咖啡。這是一家二十四小時營業的咖啡館，店主是一個名叫里奧的刻薄小氣的男子。從陰冷空曠的街上走進來，咖啡館裡就顯得親切而明亮：櫃檯前坐著兩個士兵、三個棉紡廠的紡線工，角落裡還坐著一個男人，他駝著背，鼻子和半張臉埋在一個喝啤酒的馬克杯上。男孩戴著一頂像飛行員戴的那種頭盔。進到咖啡館後，他解開扣在下巴處的皮帶，翻起右邊蓋住他粉色小耳朵的護耳罩；平時，在他喝咖啡的時候，常有人友善地跟他說上幾句話。但今天早晨里奧沒有朝他這邊看，也沒有人說話。他付了錢，正準備離開，有個聲音喊住了他：

「小子！嗨，小子！」

他轉過身，角落裡的那個男人朝他勾了勾指頭，又點了點頭。他已經把臉從啤酒杯上抬起來，似乎突然變得開心了。男人的個子很高，臉色灰白，有個大鼻子和一頭褪了色的橘黃色頭髮。

「嗨，小子！」

男孩朝他走去。他今年十二歲，身材偏小，因為背著報紙挎包的重量，他的一邊肩膀抬得比另一邊高點。他的臉平平的，長著雀斑，眼睛是那種小孩子的圓眼睛。

「先生，有什麼吩咐？」

男人把一隻手放在報童的肩膀上，然後抓住他的下巴，把他的臉慢慢地從一邊轉到另一邊。男孩不自在地退縮回去。

「嗨，你這是幹什麼？」

男孩的嗓音有點刺耳，咖啡館裡一下子變得鴉雀無聲了。

男人緩慢地說道：「我愛你。」

櫃檯旁邊的男人全都大笑起來。男孩面露不悅，他側身躲開，不知道該幹什麼。他朝櫃檯另一邊的里奧看去，里奧正帶著厭煩且冷漠的表情嘲弄地看著他。男孩也想笑一下。不過那個男人一副很認真的樣子，像是很傷心。

「我沒想跟你開玩笑，小子，」他說，「坐下，陪我喝杯啤酒。有件事我必須跟你說清楚。」

小心翼翼地，報童透過眼角詢問櫃檯旁坐著的男人他該怎麼辦，可是他們的注意力已經回到自己的啤酒或早餐上了，沒有人注意他。里奧把一杯咖啡和一小罐奶油放到櫃檯上。

「他還未成年。」里奧說。

報童攀著坐上高腳凳。他翻起的護耳罩下方的耳朵又小又紅。那個男人朝他嚴肅地點了點頭。「這件事很重要。」他說。隨後，他從褲子屁股口袋裡掏出一樣東西，托在手掌裡讓男孩看。

「看清楚了。」他說。

男孩睜大眼睛，可是沒什麼值得仔細看的。男人又大又髒的手掌裡托著一張照片。照片上是一個女人的臉，不過很模糊，只能看清楚她戴的帽子和身上的裙子。

「看到了嗎？」男人問道。

男孩點點頭，男人又往手掌裡放了一張照片。那個女人站在沙灘上，穿著泳衣。泳衣讓她的肚子顯得特別大，那是照片上最引人注目的東西。

「看清楚了嗎？」男人身體往前傾，靠近了一點，最後問道，「你以前見過她嗎？」

男孩一動不動地坐著，從側面看著男人。「不記得見過。」

「很好！」男人吹了吹照片，然後把照片放回口袋。「她是我老婆。」

「死了？」男孩問。

男人緩緩地搖了搖頭。他噘起嘴唇，像是要吹口哨，用拖長的聲音回答道：「沒——有——」他說，「我會解釋的。」

男人面前的櫃檯上放著一個棕色的大馬克杯。他沒有把杯子端起來喝啤酒，而是低下頭，把臉伏在杯口上。他就那樣休息了一會兒，然後雙手把杯子傾斜過來，呷上一口。

「早晚你會把大鼻子泡在酒杯裡睡著淹死的。」里奧說，「著名流浪漢淹死在啤酒裡。那倒會是個絕妙的死法。」

報童試圖向里奧求救。趁那個男人沒在看他，他朝里奧又擠眉又眨眼，用嘴唇無聲地詢問：「喝醉了？」但里奧只是抬了抬眉毛，轉身往燒烤架上丟了幾根培根。男人推開啤酒杯，坐直了腰板，攏起鬆鬆垮垮有點扭曲的雙手，放在櫃檯上。他看著報童，一臉的悲傷。他沒有眨眼，但時不時地，眼皮會因微小的重力垂落下來，蓋住他綠色的眼睛。天快亮了，男孩換了一個肩膀背包。

「我說的是愛情，」男人說，「對我來說那是一門科學。」

男孩從高凳子上剛往下滑到一半，男人伸出食指制止住他，這個男人身上的某個東西吸引住了男孩，讓他脫不了身。

「十二年前我娶了這張照片上的女人。她做了我一年零九個月外加三天兩夜的妻子。我愛她。是的……」他收攏起模糊發散的嗓音，說，「我愛她。我覺得她也愛我。我是鐵路工程師。但凡家庭應有的舒適和奢華她都享受到了。我從來沒想到她會不滿足。不過你知道出了什麼事嗎？」

「又來了！」里奧說。

男人的眼睛沒離開男孩的臉。「她離開了我。一天晚上我回到家裡，家裡空空蕩蕩，她走了，離開了我。」

「和一個男人？」男孩問道。

男人把手掌朝下輕輕地放在櫃檯上。「還用問嗎？小子。女人不會獨自離家出走的。」

咖啡館裡很安靜，外面街道上，濛濛細雨在黑暗中沒完沒了地下著。里奧用長叉子的叉尖壓住培根。「這麼說你追尋這個婊子有十一個年頭了。你這個醉醺醺的老無賴。」

男人第一次瞟了里奧一眼。「請別那麼粗俗。另外，我也沒在跟你說話。」他轉向男孩，用信任且很祕密的聲音低聲對他說：「我們別理他，好不好？」

報童含糊地點了點頭。

「是這樣的，」男人繼續說道，「我這人多愁善感。我的一生中總被一樣接一樣的東西所打動。月光啦、漂亮姑娘的美腿啦。一樣接著一樣。但問題是不管我多麼享受，之後總會有一種奇特的感覺，那種感覺彷彿很鬆散地留在了我的體內。似乎沒有一件事情可以善終，或是能和其他的東西融洽相處的。女人？我沒缺少過，也一樣。之後這種感覺鬆鬆垮垮地留在了我的體內。我這個人從來沒去愛過什麼。」

他非常緩慢地合上眼皮，動作有點像話劇結束後的落幕。再次開口說話時，他激動起來，語速飛快，鬆鬆垮垮的大耳垂似乎都在抖動。

「後來我遇見了這個女人。當時我五十一歲，她總說自己三十歲。我是在一個加油站遇見她的，我們兩個三天之內就結婚了。你知道那是一種什麼樣的感覺嗎？我說不清楚。我曾經感受到的所有東西都集中到這個女人的身上了。體內再也沒有鬆散的東西了，全部被她收拾妥當了。」

男人突然停了下來，捏了捏他的長鼻子。他的聲音下沉到一種穩定而帶著責備的低語：「我解釋得不對。是這麼回事。我體內存在這些美妙的情感和一些鬆散的小快樂。而這個女人就像是我靈魂的裝配線。我的這些零件通過她後，出來一個完整的我。你聽懂了嗎？」

「她叫什麼名字？」男孩問道。

「哦，」他說，「我叫她朵朵。不過這無關緊要。」

「你有沒有想辦法把她找回來？」

男人似乎沒在聽。「在這樣的情況下，你可以想像她離開我後我的感受。」

里奧把培根從烤架上取下來，折起兩根夾進一個小麵包。他的臉很蒼白，眼睛瞇瞇的，高鼻子兩旁各有一塊暗藍色的陰影。一個工人示意加點咖啡，里奧幫他倒了。他不提供免費續杯。這位紡線工每天來這兒吃早餐，可是里奧對他熟悉的顧客更加苛刻。他小口吃著麵包，像是在把怨氣往自己肚子裡咽似的。

「你再也沒有見過她？」

男孩不知道該怎樣看這個男人，他孩子氣的臉上有一副不確定的神情，還混雜了好奇和疑惑。他剛開始走這條送報路線，還不太習慣在漆黑古怪的早晨出來送報。

「是的，」男人說，「我採取了一連串步驟想把她找回來。我四處尋找。我去了塔爾薩她父母家。也去了莫比爾。我去了每一個她曾提到的城鎮，找到了每一個過去和她有過關係的男人。塔爾薩、亞特蘭大、芝加哥、奇霍、孟菲斯……為了找到她，這兩年裡我走遍了全國各地。」

「可是這一對鴛鴦就這麼從地球表面上消失了。」里奧說。

「別聽他的。」男人用信任的口吻對男孩說，「也別再去想這兩年了。這兩年並不重要。重要的是到了第三年，我身上發生了一件很奇怪的事情。」

「什麼事？」男孩問道。

男人低下頭，把馬克杯傾斜過來呷了一口啤酒。不過他把頭抵到杯子上時，他的鼻孔在輕輕地翕動；他聞了聞放久了的啤酒，沒有喝。「首先我要說，愛情是一件奇怪的事情。剛開始我只想著把她找回來。那是一種狂熱。不過隨著時間的推移，我試圖回憶她。但是你知道發生了什麼嗎？」

「不知道。」男孩說。

「當我躺在床上試圖回想她時，我的腦子一片空白。我看不見她。我會拿出她的照片看。沒有用。不起作用。一片空白。你想像得出來嗎？」

「哎馬克！」里奧朝櫃檯的一頭大喊，「你能想像這個酒鬼的腦子裡面一片空白嗎？」

緩緩地，像是在趕蒼蠅，男人揮了揮手。他瞇起綠眼睛，盯住報童扁平的小臉。

「但是人行道上突如其來的一塊玻璃，或是一個用五分硬幣就能啟動的音樂盒，夜晚牆上的一個陰影，就會讓我想起什麼。有可能就發生在大街上，我會放聲大哭，用頭去撞電燈杆。你聽懂了嗎？」

「一塊玻璃……」男孩說。

「隨便什麼東西。我會四處遊蕩，我無法控制怎樣和什麼時候想起她。你以為你可以豎起盾牌抵抗，可是回憶並不從正面朝你走來，而是從側面繞過來。我受到自己聽見的、看到的每一樣東西擺布。突然之間不是我東奔西跑地尋找她，而是她在追尋我，就在我靈魂的深處。她在追尋我，聽好了！就在我靈魂的深處。」

男孩最終問道：「當時你在哪裡？」

「哦，」男人咕噥道，「我已經病入膏肓了，就像得了天花。我承認，我喝得爛醉，我跟人私通。我會去犯任何對我來說有吸引力的罪行。我並不想坦白，但我會這麼做。當我回憶這一段經歷，所有這些事情都凝結在我的腦子裡。太可怕了。」

男人低下頭，用額頭輕輕磕著櫃檯。有那麼幾秒鐘他低著頭，保持著這個姿勢，青筋外露的脖子被橘黃色的頭髮蓋住了，手指長而彎曲的雙手合在一起，像是在祈禱。隨後他挺直了腰板，他在微笑，他的臉突然明亮起來了，有點顫抖，也蒼老了一點。

「事情發生在第五年，」他說，「而我的研究就是從那個時候開始的。」

里奧抽動嘴角，露出一個淡淡的轉瞬即逝的冷笑。「算了吧，我看我們這幫老傢伙誰都不會再年輕了。」他說。隨後，里奧突然憤怒起來，把手裡的抹布揉成一團，狠狠地摔在地上。「你這個邋裡邋遢的老羅密歐！」

「發生了什麼？」男孩問。

老人的聲音高昂，也很清晰：「安寧。」

「哦？」

「這件事很難用科學來解釋，小子，」他說，「我想比較合理的解釋是我和她相互逃避了這麼久，最終糾纏在了一起，就躺倒不再掙扎了。安寧。一種奇怪又美妙的空白。那是在春天的波特蘭，每天下午都在下雨。我一整晚都躺在床上，沒開燈。而這門科學就是那樣降臨到我身上的。」

電車窗戶在晨光裡泛出淡藍色。兩個士兵付完啤酒錢後推開門。出門前，其中的一個梳理了一下頭髮，又擦了擦沾著泥的綁腿。三個工人低頭安靜地吃著早飯。里奧牆上的鐘「滴答滴答」地走著。

「是這樣的。聽清楚了。我苦思冥想愛情這玩意，終於找到了原因。我明白了我們的問題出在哪裡。男人第一次墜入愛河時，他們愛上的是什麼？」

男孩柔軟的嘴微微張著，他沒有回答。

「女人。」老人說，「不做研究，沒有任何依據，他們就開始了這個世界上最最危險和最最可怕的體驗。他們愛上了一個女人。是不是這樣，小子？」

「是。」男孩虛弱地說道。

「他們從錯誤的一頭開始愛情。他們從最高潮的地方開始。你能想像那有多麼可悲嗎？你知道男人應該怎樣去愛嗎？」

老人伸手抓住男孩皮夾克的領口。他輕輕地搖了搖男孩，綠色的眼睛一眨不眨地盯著男孩，眼神莊重。

「你知道應該怎樣開始愛情嗎？」

男孩縮著身體坐在那裡，聽著，一動不動。他慢慢地搖了搖頭。老人靠近他，輕聲說道：

「一棵樹。一塊石頭。一片雲。」

外面街道上還在下雨，是那種沒完沒了的濛濛細雨。工廠裡響起了六點班的上工哨。三個紡線工付完帳走了。咖啡館裡除了里奧、老人和小報童外，再沒有別人了。

「波特蘭的天氣就像這樣，」他說，「在我開始做我的研究時。我沉思默想，開始得很謹慎。我會從大街上找一樣東西帶回家。我買了一條金魚，我把注意力集中在這條金魚上，我愛上了牠。完成一樣後，我開始另一樣。日復一日，我漸漸掌握了這門科學。在從波特蘭去聖地牙哥的路上——」

「哦，快別說了！」里奧突然尖叫起來，「別說了！別說了！」

老人仍然抓住男孩的衣領；他在顫抖，臉上的表情誠摯、愉快，還有點瘋狂。

「過去的六年裡我一個人四處遊蕩，逐步建立起我的科學體系。現在我已經是大師了，小子，我可以愛上任何東西。甚至不再需要事先想一下。我看著一條擠滿人的街道，一道美妙的光線進入我心裡。我觀察天空中的飛鳥，或者路上遇見的一個行人。所有的東西，孩子。隨便什麼人。所有的陌生人都為我所愛！你知道像我這樣的科學意味著什麼嗎？」

男孩僵直地站著，兩隻手緊緊抓住櫃檯邊。最終他問道：「你真的找到那位女士了嗎？」

「什麼？你說什麼，小子？」

「我是說，」男孩膽怯地問道，「你有沒有再愛上一個女人？」

老人鬆開男孩的領口。他轉過身，他的綠眼睛第一次出現了模糊散落的眼神。他拿起櫃檯上的馬克杯，喝下黃色的啤酒。他慢慢地搖了搖頭。他最後回答道：「沒有，小子。要知道那是我的科學裡最後的一個步驟。我謹慎從事。而且我還沒有完全準備好呢。」

「太妙了！」里奧說，「妙！妙！妙！」

老人站在開著的門口。「記住了。」他說。在清晨灰色潮溼的光線的襯托下，他看起來乾癟、疲憊和虛弱，但他的笑容卻很燦爛。「記住我是愛你的。」說完，他最後點了一下頭。門輕輕地在他身後關上了。

男孩很久都沒說話。他把額頭前面的頭髮抹下來，髒兮兮的細食指在空杯子的杯口轉著圈。最後，他沒有看著里奧，開口問道：

「他喝醉了？」

「沒有。」里奧簡短地回答道。

男孩清澈的嗓音升高了：「那麼他是個癮君子？」

「不是。」

男孩抬頭看著里奧，扁平的小臉透著絕望，他的嗓音急迫刺耳。「他瘋了嗎？你覺得他得了精神病嗎？」報童的嗓音突然降低了，充滿了疑惑，「里奧？到底是還不是？」

但里奧無意回答他。里奧經營咖啡館已有十四個年頭，他自認是判斷瘋狂的專家。這裡除了小鎮上的怪物，也有溜進來過夜的流浪漢。沒有他不知道的瘋狂事。但是他不想滿足這個等著他答案的男孩。他板起蒼白的面孔，默不作聲。

男孩只好拉下頭盔的右耳罩，在他轉身離開時只說了一句對他來說很安全的話，唯一一個不會被人嘲笑和看不起的評論：

「他肯定去過不少地方。」

譯後記

一九一七年出生在美國喬治亞州哥倫布的卡森・麥卡勒斯是上世紀美國最重要的作家之一。才華橫溢、極富創造力的麥卡勒斯年少成名，十九歲就在著名的《小說》雜誌上發表了第一篇短篇小說〈神童〉，二十三歲發表的長篇小說《心是孤獨的獵手》轟動一時，並成為文學經典。麥卡勒斯在三十歲之前就已寫出她此生所有重量級作品。她的創作體裁多樣，包括中長篇和短篇小說、劇本、詩歌和隨筆等等。英國當代著名作家普利契稱麥卡勒斯為「當代最優秀的美國小說家」；當代美國批評家沃爾特・阿倫稱她為「僅次於福克納的南方最出色作家」；而英國著名作家和評論家格雷安・葛林則認為麥卡勒斯和福克納是自D・H・勞倫斯之後唯一兩位最具原始詩意深情的作家。葛林認為麥卡勒斯的寫作比福克納更為清晰，而且與勞倫斯不同，她的寫作不攜帶任何教誨。作家蘇童在談到他對麥卡勒斯的偏愛時說：「我讀到《傷心咖啡館之歌》之時正值高中，那是文學少年最初的營養，滋潤了我那個時代的閱讀，可以說是我的文學啟蒙。」蘇童還認為：「自海明威、福克納之後，美國作家陣營沒有再出現過高過這兩人成就的，反而，以典型個人風格為新的陣線，麥卡勒斯歸屬其中。」

出生在南方小鎮的麥卡勒斯從小就表現出與眾不同的自信。她十歲開始學習鋼琴，立志成為鋼琴演奏家，是別人眼中的音樂神童。由於十三歲時的一場風溼病，她中斷了學習。療養期間她意識到自己不具備鋼琴演奏家所需的充沛體力，開始懷疑自己是否真正具有音樂天賦。十五歲時父親送給她一部打字機，從此她開始嘗試寫作，模仿劇作家尤金・歐尼爾的風格寫劇本。麥卡勒斯十七歲離開哥倫布老家，隻身北上，到她心目中的文學藝術之都紐約，一邊打工一邊在茱莉亞學院學習音樂，同時還在哥倫比亞大學的夜校學習寫作。最後她決定放棄音樂，專注於寫作，先後師從惠特・伯內特、桃樂西・斯卡伯勒和海倫・蘿絲・赫爾學習寫作技巧，還去紐約大學參加西爾維婭・查特菲爾德・貝茨的創意寫作班。

縱觀麥卡勒斯的寫作，孤獨是她最為關注的主題。她的第一部長篇小說《心是孤獨的獵手》透過兩個聾啞男子的同性之愛呈現人內心的孤獨。麥卡勒斯認為孤獨是絕對的，最深切的愛也無法改變人類最終極的孤獨。而被拒絕和得不到回報的愛則是她關注的另外兩個主題，這也是她自己愛情生活的寫照：不斷地追求，不斷地被拒絕。這兩個主題在《傷心咖啡館之歌》裡都得到了充分的展現。對麥卡勒斯來說，不管是同性還是異性之間，精神上的愛遠勝於肉欲之愛。

麥卡勒斯內心敏感，感情豐富外露，想像力極為豐富。生活在幻想世界裡的麥卡勒斯對生活充滿激情，構成了她錯綜複雜的個人情感生活。與丈夫利夫斯．麥卡勒斯的愛恨情仇；她瘋狂單戀瑞士女遊記作家、攝影師和旅行家安妮瑪瑞．施瓦岑巴赫；麥卡勒斯夫婦與年輕作曲家和小提琴家大衛．戴蒙特之間的三角戀等等。所有這些感情上的糾葛都成為激發她創作的泉源。在她的一生裡，生活和寫作相互映照，難分彼此。小說〈傷心咖啡館之歌〉裡，麥卡勒斯借助主人公悲慘的命運暗示：任何形式的三角戀，尤其涉及到同性戀愛，其結果都會以失敗告終，愛會把付出愛的一方推向孤獨的深淵。而麥卡勒斯夫婦與戴蒙特之間的三角戀情正是發生在麥卡勒斯寫作這部小說的過程中，印證了麥卡勒斯說過的一句話：「在我的小說中發生的每一件重要的事情，都發生在了我的身上——或者終究會發生。」麥卡勒斯把這部小說的手稿送給了大衛．戴蒙特。

研究麥卡勒斯的學者維吉尼亞．斯潘塞．卡爾和很多評論家都認為，綜合各種因素，〈傷心咖啡館之歌〉是麥卡勒斯最好的一部作品。麥卡勒斯自己聲稱這篇小說的靈感源自她在紐約布魯克林高地一家酒吧見到的一個駝子。小說採用民謠敘事手法，敘事者時而採用陳舊的措詞，時而簡明扼要，優雅從容地講述著一個傳奇故事。小說以音樂般的開場向讀者描述一個被遺棄的荒涼小鎮，從一扇窗戶露出的一張蒼白而性別不明的臉。然後話鋒一轉，讀者被帶到了小鎮的過去，小說的主角阿梅莉亞小姐，一個長著鬥雞眼，身高逾六英尺的女子登場了。而另一主角利蒙表哥，一個身高不足四英尺的駝子也以一種奇特的方式登場。這是一個誇張而戲劇性很強的故事，主要人物性格怪異矛盾，每個人都存在生理或心理上的缺陷。阿梅莉亞小姐一方面貪婪好鬥，另一方面卻免費為鄉親治病。身高不到四英尺的駝子利蒙表哥長相猥瑣，卻給咖啡館帶來了一派生機。阿梅莉亞小姐的前夫馬爾文．梅西相貌英俊，但性格殘忍。作為配角的村民則是一群膽小冷漠、愛看熱鬧的人。

麥卡勒斯借助阿梅莉亞小姐、利蒙表哥和馬爾文之間的愛恨情仇闡述了自己的愛情觀：「如果一個人非常崇拜你，你會鄙視他、不在乎他——你樂意去崇拜的人恰恰是不注意你的人。」小說中有一段對愛情本質的探討，體現了麥卡勒斯對愛情的一貫認知：「世界上存在著施愛和被愛這兩種人，這是兩種截然不同的人。通常，被愛的一方只是個觸發劑，是對所有儲存著的、長久以來安靜蟄伏在施愛人體內的愛情的觸發。……最稀奇古怪的人也可以成為愛情的觸發劑。一個老態龍鍾的曾祖父，仍會愛著二十年前某天下午他在奇霍街上見到的陌生姑娘。牧師會愛上墮落的女人。被愛的或許是個奸詐油滑之徒，沾染了各種惡習。……愛情的價值與品質僅僅取決於施愛者本身。」麥卡勒斯正是透過阿梅莉亞小姐、利蒙表哥和馬爾文三人之間的追逐和被追逐關係展現她的這一觀點。麥卡勒斯在小說中對被拒絕和得不到回報的愛做了進一步的闡述：「正因為如此，我們大多數人更願意去愛別人而不是被人愛。幾乎所有人都想做施愛的人。道理很簡單，人們只在心裡有所感知，很多人都無法忍受自己處於被人愛的狀態。被愛的人害怕和憎恨付出愛的人，理由很充分。因為施愛的一方永遠想要把他所愛的人剝得精光。」而身強力壯的阿梅莉亞小姐和身高不足四英尺的駝子利蒙表哥之間的愛情則說明：精神之戀遠比肉欲之愛重要。這篇民謠形式的小說在場景轉換、人物白描、氣氛烘托、象徵性隱喻、關於愛情的毫無理由的神奇與殘酷，以及心靈對之匍匐的不可理喻等方面展現了麥卡勒斯大師級的水準。蘇童在講述自己讀這部小說的感受時曾說過：「我不禁要說，什麼叫人物，什麼叫氛圍，什麼叫底蘊和內涵，去讀一讀〈傷心咖啡館之歌〉就明白了。」這部小說先後被改編成話劇和電影，改編的話劇在百老匯連續演出了一百二十三場。

短篇小說〈神童〉再現了麥卡勒斯音樂夢想的失敗。十五歲的弗朗西絲被她的老師認作音樂神童，處於青春期的她一方面要承受長時間練琴的痛苦，還要承受老師借助她來實現自己音樂抱負的壓力，以及意識到自己或許不再是音樂神童後的幻滅。這部帶有自傳成分的小說也說明了麥卡勒斯放棄成為鋼琴演奏家的原因。

在〈一棵樹．一塊石．一片雲〉這篇小說裡，一個老酒鬼向一個十來歲的小報童宣講他的「愛情科學」。這個科學是在他妻子離家出走，他走遍天涯海角找尋她未果後獲得的。其核心是愛情要從愛上一件實物開始，比如一棵樹、一塊石或一片雲，而愛一個女人則是這門科學的最後一個步驟。這是一篇結構精巧的小說，故事透過老酒鬼、小報童和酒保之間的對話推進。老酒鬼把小報童當作他的「愛情科學」實驗的一個對象，而小報童則對老酒鬼的傾訴似懂非懂，經常答所非問。麥卡勒斯用這篇小說闡明了自己對愛情的另一個觀點：「付出愛的人很容易受到傷害，除非他去愛一個人或一件東西時不企求任何回報。」這篇小說被收錄進《一九四二年歐・亨利獎短篇小說集》。

小說集裡的其他幾個短篇小說也極為精彩。〈賽馬騎師〉講述了一個小人物的故事。〈家庭困境〉討論了酗酒對家庭生活的影響。〈旅居者〉是麥卡勒斯比較抒情的一篇小說。而〈澤倫斯基夫人和芬蘭國王〉則強調了麥卡勒斯的又一個觀點：為了承受現實中的痛苦，幻覺是必不可少的。

審視麥卡勒斯的一生，濃郁的藝術家氣質造就了她強烈的唯我主義，她性格孤僻桀驁，在追逐浪漫關係的過程中往往做出極端的行為，傷害對方的同時也傷害到自己。她的這些特質也反映在她的作品中，使得作品具有強烈的戲劇性，人物特徵鮮明、行為古怪，甚至有點荒誕，給讀者極強的感官刺激。正因如此，她的主要作品幾乎都被改編成話劇、電影或電視節目。藉由閱讀麥卡勒斯的這些代表作，讀者可以窺探到她北上漂泊追求夢想的情感體驗，和她怎樣最終成為一代文學大師的痛苦而精彩的歷程。

小二

二〇一七年十一月

譯者簡介

小二

本名湯偉，被主流媒體譽為傳奇譯者。

畢業於清華大學，獲美國維吉尼亞理工大學博士學位，現任台達能源公司電氣工程研發總監。二〇〇六年開始翻譯英文文學作品，已出版譯作十餘部，包括《雷蒙德．卡佛短篇小說自選集》、《當我們談論愛情時我們在談論什麼》、《請你安靜些，好嗎？》等，備受讀者好評。喜歡閱讀、長跑和橋牌。一九九五年獲得美國橋牌協會頒發的「Life Master」證書。

傷心咖啡館之歌 / 卡森・麥卡勒斯著；小二譯 . -- 初版 . -- 臺北市：時報文化 , 2020.1
224 面；14.8 x 21 公分 . --（愛經典；31）
ISBN 978-957-13-6496-4（精裝）

874.57　　108022487

作家榜经典文库®

ISBN 978-957-13-6496-4
Printed in Taiwan

愛經典 0 0 3 1

傷心咖啡館之歌

作者—卡森・麥卡勒斯｜譯者—小二｜編輯總監—蘇清霖｜編輯—邱淑鈴｜美術設計—FE 設計｜內頁繪圖—Miss Miledy、Ilyicheva Alexandra Yuryevna｜校對—邱淑鈴｜董事長—趙政岷｜出版者—時報文化出版企業股份有限公司　台北市和平西路三段二四〇號四樓　發行專線—（〇二）二三〇六—六八四二　讀者服務專線—〇八〇〇—二三一—七〇五、（〇二）二三〇四—七一〇三　讀者服務傳真—（〇二）二三〇四—六八五八　郵撥—一九三四四七二四時報文化出版公司　信箱—10899 臺北華江橋郵局第 99 信箱　時報悅讀網—http://www.readingtimes.com.tw｜電子郵件信箱—new@readingtimes.com.tw｜法律顧問—理律法律事務所 陳長文律師、李念祖律師｜印刷—勁達印刷有限公司｜初版一刷—二〇二〇年一月十日｜初版二刷—二〇二三年八月二十八日｜定價—新台幣三五〇元｜（缺頁或破損的書，請寄回更換）

時報文化出版公司成立於一九七五年，並於一九九九年股票上櫃公開發行，於二〇〇八年脫離中時集團非屬旺中，以「尊重智慧與創意的文化事業」為信念。